Home *is where the heart is.*

生活·讀書·新知 三联书店

Out of the Ordinary

寻常放荡

我的回忆在旅行

修订版

欧阳应霁 著

Simplified Chinese Copyright © 2018 by SDX Joint Publishing Company.
All Rights Reserved.
本作品简体中文版权由生活·读书·新知三联书店所有。
未经许可，不得翻印。

图书在版编目（CIP）数据

寻常放荡：我的回忆在旅行／欧阳应霁著．—2版（修订版）．—北京：
生活·读书·新知三联书店，2018.8
（Home 书系）
ISBN 978-7-108-06199-7

Ⅰ.①寻… Ⅱ.①欧… Ⅲ.①游记－作品集－中国－当代
Ⅳ.① I267.4

中国版本图书馆 CIP 数据核字（2018）第 022492 号

特邀编辑	崔　萌
责任编辑	郑　勇　唐明星
装帧设计	欧阳应霁　康　健
责任印制	宋　家
出版发行	生活·讀書·新知 三联书店
	（北京市东城区美术馆东街22号 100010）
网　　址	www.sdxjpc.com
图　　字	01-2018-3036
经　　销	新华书店
印　　刷	北京图文天地制版印刷有限公司
版　　次	2004年12月北京第1版
	2018年8月北京第2版
	2018年8月北京第5次印刷
开　　本	720毫米×1000毫米 1/16 印张11.5
字　　数	57千字　图86幅
印　　数	30,001-39,000册
定　　价	49.00元

（印装查询：01064002715；邮购查询：01084010542）

修订版总序 好奇再出发

他和她和他,从老远跑过来,笑着跟我腼腆地说:欧阳老师,我们是看你写的书长大的。

这究竟是怎么回事?一个不太愿意长大,也大概只能长大成这样的我,忽然落得个"儿孙满堂"的下场——年龄是个事实,我当然不介意,顺势做个鬼脸回应。

一不小心,跌跌撞撞走到现在,很少刻意回头看。人在行走,既不喜欢打着怀旧的旗号招摇,对恃老卖老的行为更是深感厌恶。世界这么大,未来未知这么多,人还是这么幼稚,有趣好玩多的是,急不可待向前看——

只不过,偶尔累了停停步,才惊觉当年的我胆大心细脸皮厚,意气风发,连续十年八载一口气把在各地奔走记录下来的种种日常生活实践内容,图文并茂地整理编排出版,有幸成为好些小朋友成长期间的参考读本,启发了大家一些想法,刺激影响了一些决定。

最没有资格也最怕成为导师的我,当年并没有计划和野心要完成些什么,只是凭着一种要把好东西跟好朋友分享的冲动——

先是青春浪游纪实《寻常放荡》,再来是现代家居生活实践笔记《两个人住》,记录华人家居空间设计创作和日常生活体验的《回家真好》和《梦·想家》,也有观察分析论述当代设计潮流的《设计私生活》和

《放大意大利》，及至入厨动手，在烹调过程中悟出生活味道的《半饱》《快煮慢食》《天真本色》，历时两年调研搜集家乡本地真味的《香港味道1》《香港味道2》，以及远近来回不同国家城市走访新朋旧友逛菜市、下厨房的《天生是饭人》……

一路走来，坏的瞬间忘掉，好的安然留下，生活中充满惊喜体验。或独自彳亍，或同行相伴，无所谓劳累，实在乐此不疲。

小朋友问，老师当年为什么会一路构思这一个又一个的生活写作（life style writing）出版项目？我怔住想了一下，其实，作为创作人，这不就是生活本身吗？

我相信旅行，同时恋家；我嘴馋贪食，同时紧张健康体态；我好高骛远，但也能草根接地气；我淡定温存，同时也狂躁暴烈——

跨过一道门，推开一扇窗，现实中的一件事连接起、引发出梦想中的一件事，点点连线成面——我们自认对生活有热爱有追求，对细节要通晓要讲究，一厢情愿地以为明天应该会更好的同时，终于发觉理想的明天不一定会来，所以大家都只好退一步活在当下，且匆匆忙忙喝一碗流行热卖的烫嘴的鸡汤，然后又发觉这真不是你我想要的那一杯茶——生活充满矛盾，现实不尽如人意，原来都得在把这当作一回事与不把这当作一回事的边沿上把持拿捏，或者放手。

小朋友再问，那究竟什么是生活写作？我想，这再说下去有点像职业辅导了。但说真的，在计较怎样写、写什么之前，倒真的要问一下自己，一直以来究竟有没有好好过生活？过的是理想的生活还是虚假的生活？

人生享乐，看来理所当然，但为了这享乐要付出的代价和责任，倒没有多少人乐意承担。贪新忘旧，勉强也能理解，但其实面前新的旧的加起来哪怕再乘以十，论质论量都很一般，更叫人难过的是原来处身之地的选择越来越单调贫乏。眼见处处闹哄，人人浮躁，事事投机，大环境如此不济，哪来交流冲击、兼收并蓄？何来可持续的创意育成？理想的生活原来也就是虚假的生活。

作为写作人，因为要与时并进，无论自称内容供应者也好，关键意见领袖（KOL）或者网红大V也好，因为种种众所周知的原因，在记录铺排写作编辑的过程中，描龙绘凤，加盐加醋，事实已经不是事实，骗了人已经可耻，骗了自己更加可悲。

所以思前想后，在并没有更好的应对方法之前，生活得继续——写作这回事，还是得先歇歇。

一别几年，其间主动换了一些创作表达呈现的形式和方法，目的是有朝一日可以再出发的话，能够有一些新的观点、角度和工作技巧。纪录片《原味》五辑，在任长箴老师的亲力策划和执导下，拍摄团队用视频记录了北京郊区好几种食材的原生态生长环境现状，在优酷土豆视频网站播放。《成都厨房》十段，与年轻摄制团队和音乐人合作，用放飞的调性和节奏写下我对成都和厨房的观感，在二○一六年威尼斯建筑双年展现场首播。《年味有Fun》是一连十集于春节期间在腾讯视频播放的综艺真人秀，与演艺圈朋友回到各自家乡探亲，寻年味话家常。还有与唯品生活电商平台合作的《不时不食》节令食谱视频，短小精悍，每周两次播放。而音频节目《半饱真好》亦每周两回通过荔枝FM频道在电波中跟大家来往，仿佛是我当年大学毕业后进入广播电台长达十年工作生活的一次隔代延伸。

音频节目和视频纪录片以外，在北京星空间画廊设立"半饱厨房"，先后筹划"春分"煎饼馃子宴、"密林"私宴、"我混酱"周年宴，还有在南京四方美术馆开幕的"南京小吃宴"，银川当代美术馆的"蓝色西北宴"，北京长城脚下公社竹屋的"古今热·自然凉"小暑纳凉宴。

同时，我在香港PMQ元创方筹建营运有"味道图书馆"（Taste Library），把多年私藏的数千册饮食文化书刊向大众公开，结合专业厨房中各种饮食相关内容的集体交流分享活动，多年梦想终于实现。

几年来未敢怠惰，种种跨界实践尝试，于我来说其实都是写作的延伸，只希望为大家提供更多元更直接的饮食文化"阅读"体验。

如是边做边学，无论是跟创意园区、文化机构还是商业单位合作，都有对体验内容和创作形式的各种讨论、争辩、协调，比一己放肆的写作模式来得复杂，也更加踏实。

因此，也更能看清所谓"新媒体""自媒体"，得看你对本来就存在的内容有没有新的理解和演绎，有没有自主自在的观点与角度。所谓莫忘"初心"，也得看你本初是否天真，用的是什么心。至于都被大家说滥了的"匠心"和"匠人精神"，如果发觉自己根本就不是也不想做一个匠人，又或者这个社会根本就成就不了匠人匠心，那瞎谈什么精神？！尽眼望去，生活中太多假象，大家又喜好包装，到最后连自己需要什么不需要什么，喜欢什么不喜欢什么都不太清楚，这又该是谁的责任？！

跟合作多年的老东家三联书店的并不老的副总编谈起在这里从二〇〇三年开始陆续出版的一连十多本"Home"系列丛书，觉得是时候该做修订、再版发行了。

作为著作者，我很清楚地知道自己在此刻根本没可能写出当年的这好些文章，得直面自己一路以来的进退变化，但同时也对新旧读者会在此时如何看待这一系列作品颇感兴趣。在对"阅读"的形式和方法有更多层次的理解和演绎，对"写作"有更多的技术要求和发挥可能性的今天，"古老"的纸本形式出版物是否可以因为在不同场景中完成阅读，而带来新的感官体验？这个体验又是否可以进一步成为更丰富多元的创作本身？这是既是作者又是读者的我的一个天大的好奇。

　　作为天生射手，自知这辈子根本没有真正可以停下来的一天。我将带着好奇再出发，怀抱悲观的积极上路——重新启动的"写作"计划应该不再是一种个人思路纠缠和自我感觉满足，现实的不堪刺激起奋然格斗的心力，拳来脚往其实是真正的交流沟通。

应霁

二〇一八年四月

序 旅行，其实是一种回忆

旅行，其实是一种回忆。

这样说是否有点扫兴？一心冒险也好，志在消闲也好，出门前对目的地和目的地以外的种种幻想和冲动，如此一来，突然都暂放冰柜，动都变作静。因为行旅当中一分一秒实实在在，不尽是历奇也未必是享受——倒是在回家之后再之后的某年月某时刻，忽然脑海快速搜索，将旅行中的人事闷场都自动删去，留下的都是良辰美景，走过的看过的吃过的睡过的，反反复复在回忆中自添分数，记性不太好的我，更常常把坏事变好事，难怪大家认定我乐观。

因此胆敢去写很久很久前和最近最近期的旅行日志，对自己的感觉负责本来就是分内事。更何况旅行的人大多不负责，再努力其实也只是经过，用不着自以为是地历尽沧桑，风尘仆仆其实对皮肤不好。

话说回来，说到底，旅行还是必需的。我等寻常百姓只有经验过才可能回忆——回忆，其实也是一种旅行。

应霁

目录

Contents

- 5 　修订版总序　好奇再出发
- 11 　序　旅行，其实是一种回忆
- 18 　花种
- 20 　开始
- 22 　"狗"为伴
- 24 　涂
- 26 　集体梦
- 28 　日影
- 30 　吃不完
- 32 　回魂
- 34 　局外
- 36 　水世界
- 38 　问路
- 40 　窗外有窗
- 42 　不开的门
- 44 　几何
- 46 　飞行中
- 48 　地底惊魂
- 50 　游园
- 52 　阿拉伯之光
- 54 　街头装置
- 56 　历史散步

58	趁墟
60	未来
62	蛋
64	瓶分春色
66	娃娃娃
68	滚出去！
70	神奇光
72	一律博览
74	黑市
76	浮床
78	起飞
80	大世界
82	土生土长
84	花魂
86	也是猫
88	安心迪化
90	街市考古
92	晒命
94	旧居
96	碎片

98	淡季
100	谈天
102	无畏?
104	猎奇?
106	空白
108	家事
110	渴睡
112	经过
114	湖光
116	路路通
118	看海
120	第一吻
122	偕老
124	交通
126	战衣
128	树妖
130	垃圾
132	也是日剧
134	房间
136	苦乐
138	未完成

140　计算
142　偶像之眼
144　龙虾偶像
146　留念
148　偷笑
150　身边
152　地狱
154　迷城
156　有缘
158　多少恨?
160　玩具
162　积木
164　逃兵
166　框框
168　心在笑
170　欢喜蓝
172　出走
174　双双对
176　一个人
178　某夜床前
180　回家

花种 seeds

人在阿姆斯特丹，行李却到了巴黎，这是怎么搞的？

平生第一次受招待坐头等舱直飞荷兰，也第一次在领取行李处瞪着不再回转的输送带发呆。地勤人员告诉我，行李错误地飞到了巴黎，"应该"会在两三日内送到我居住的酒店，我可以支取一百美元作"紧急"赔偿——

虽然已知下落，心还是忐忑不安。夜半在小旅店床上惊醒，四周空荡荡——平日吹牛说拿得起放得下，原来还是恋恋旧物不懂放松。好歹到天亮，如此闷在房间里头不是办法，索性早出往外走。

已经不是第一次到阿姆斯特丹，所以按着依稀记忆，沿着大街转入运河，漫无目的地闲荡前去。不比巴黎妩媚，不及威尼斯瑰丽，更不似柏林的冷峻，阿姆斯特丹却别有一种其他大都会没有的从容闲适。许是运河的关系，两旁更是上好的散步道，缓缓走去，好平复心烦意乱。

运河的一端是著名的水上花市（Bloemenmarkt），大清早便闹哄哄挤满买花卖花的，色香当中我一一去认我勉强懂得的玫瑰、雏菊，当然还有原产土耳其，却在荷兰发扬光大的郁金香——然后我在一墙花种面前怔住：小包小包地陈列，少说也有上千个来自世界各地的种类，精美包装给你一个承诺，如果你肯花心血，你会有收成——不知怎的我突然想得很远，假如我是一小颗种子，假如我被扔到一个陌生地方……

阿姆斯特丹，一九九三年春
Amsterdam, Spring 1993

开始 the beginning

我就那么站在那里，等。

分明是夏天，穿的却是平日在香港秋冬才会穿的毛线衣，依然觉得四周都有寒气——其实是太不熟悉的、太新鲜的伦敦空气，叫人贪婪地大口大口地呼吸，又惊又喜。

背着的背包竟然没有放下，身旁还有臃肿的两大袋行李。第一次出门远行的人实在无法估计预算行李的轻重，大抵把一整个家都带着上路。

举目四望，要等的人还未出现。等的是我的初中班主任，她辗转到伦敦再念她的硕士、博士学位已经有几年。一众年少当年在她的循循善诱下启蒙开窍，结果是每个人都忽然立志将来要做老师——老师现在又变成学生，她的学生却都四散到社会中去了。

出发离港前跟她通了信，也打过电话，电话的那一端娇滴滴清晰的声音告诉我如何如何从希斯罗机场乘地铁往市中心再转线到圣潘克拉斯，然后就站在车站头这里等——因此我就站在司各特于一八六六年设计的这座由艳红泥砖、红与灰棕花岗石堆砌墙面的新哥特式建筑里，举头月台更是当年最大型最先进的玻璃顶盖……火车站是旅程的开始，也是旅程的结束，来往人群的匆匆行色中，我在人家的历史中彷徨久等，说不定就是我注定迷路的开始——直到她的身影飘然而至。

伦敦圣潘克拉斯车站,一九八四年夏
St. Pancras Station, London, Summer 1984

"狗"为伴 greyhound, a companion

傍晚,多伦多灰狗巴士总站。距离发车时间还有四十五分钟,身旁的舅舅还是半信半疑地问,你真的要乘"灰狗"东行南下,你真的不怕?真的,我真的不懂得要怕什么。一心只想着要到纽约,到芝加哥,再从中部南下,经圣路易斯、孟菲斯再到新奥尔良,然后一鼓作气再到奥兰多、迈阿密,甚至泽西,日出日落长路漫漫,我有我的巴士公路小小小电影,我有我的微型美国梦。

上车之前舅舅把我紧紧拥在怀里,仿佛是十多年前他只身离港赴加求学,矮他半截的我到机场依依不舍的后现代续篇。外甥多似舅,当中不也就是有这一点流离浪荡的牵连?当然今日的他已经早为人父安居乐业,我却热切冀盼面前有随时开展且不知如何收拾的未知未来。

凭一张三个月的巴士通行证,我与"灰狗"为伴义无反顾——为了节省旅馆宿费,故意挑十几个小时的夜行长程;三更半夜在某个不知名小镇下车,与一室游魂久等早发的第一班车;转车时一时大意几乎把行李都丢掉;某个雷电交加的半夜飞驰在荒原公路上清清楚楚看见闪电就在身旁打落……然后是车窗外流转的千篇一律的路牌、酒吧、汽车旅馆霓虹灯——我知道,我没有来错。

车抵新奥尔良,抖擞精神来个蓝调的夜晚,城中会所逐家逛去,简直可以编一部爵士乐史。大街尽头是灰狗车站,明早再出发!

新奥尔良灰狗巴士总站,一九八六年夏
Greyhound Station, New Orleans, Summer 1986

涂 graffiti

　　拖着一身疲乏，走进小旅馆浴室看看镜中的自己，小麦色的脸庞和手手脚脚，某些部位更接近炒好的咖啡豆颜色。两个星期来在也门的大漠与峡谷当中，无可逃避地与毒太阳直接和间接接触，首先是外表变了。再问问自己，身心里头可会因为开始对阿拉伯世界的宗教、文化、风俗、食物多了一点亲身了解认识，也在不知不觉地变——

　　旅程接近尾声，也因为口袋里所余无几，不得不匆匆北上，回到首都萨那。当然还是贪心，沿途依然走走停停，在车厢里远远看到有趣的景观和市镇，还是央求着我们的司机兼向导把车停下或者驶近：一路鬼斧神工只有阿拉真神才可造就的厉害山岭；那些只用泥板和碎石层层叠叠构建起来的传统民居以及寺庙；那些热情友善的村镇老少率真好奇的眼神……都叫我贪婪地看了又看，举起相机拍了又拍，指定动作之余也越来越投入——

　　路过一个小镇，司机本来只打算停下买点水，我却乘机跳下车逛一逛，泥巷深处有一群孩童在嬉戏，还是不要打扰他们玩乐了。回身再转入另一横巷，面前一列铁皮车厢大抵是个小仓库，然而铁锈了的门板上错错落落地涂着粉笔画——是一次买卖交易计算？是一场游戏的积分表？或只是无聊时候的涂鸦……外头大山大水固然好看，但寻常巷里的小趣味其实最得我心。

也门塔伊兹地区,一九九八年春
Taizz District, Yemen, Spring 1998

集体梦 collective dreams

人，到处都是人！

甫下机的第一天晚上，有点慌张地步出孟买机场。虽然已经是接近午夜，面前还是人山人海：接机的、值班的、乘凉散步的。车在微弱街灯中驶出市区，沿路是一整群一整群穿着整齐的男女老少，像某个宴会结束（又或是某个集会开始）。此后数天，走在街上坐在车里，其实都是活在浩浩荡荡的人潮里。

有天傍晚去赴一个晚宴，计程车绕路一不小心驶近火车站，不得了！面前至少有三千多人几乎用同一速度朝同一方向前进——他们其实只是下班赶去搭一班火车回家罢了，但其聚合的气势，其集体的能量却有点像大型示威游行，又或是节日庆典巡游。这恐怕就是名正言顺的群众力量吧。不为什么，无目的无野心，只是日常生活的走路动作。

为什么印度会有这么多人？那些国家颁布的生育计划跑到哪里去了？或许这里还是相信人多好办事，人强马壮地从过去活到未来。

然后我打算排队看一场电影——

妄想，面前售票大厅里至少有三百人，他们排队买的是下个星期的预售票。心一急，总想设身处地地去感受一下迷倒万千印度影迷的新晋印度电影王子的第一出戏，马上打一通电话求助新相识的纺织设计师 R，她的男友是电视台年轻流行节目主持人。几经转折，我们一行数人坐在偌大的电影院里，下午三点半的一场，全院满座。

典型的印度歌舞片，富家女穷家子浪漫爱情，加黑帮飞车枪战追杀，加超级邮轮度假瑞士湖光山色……男主角俊美异常，加上练就的一身肌肉，整整三个半小时性感大特卖。相对来说女主角就比较逊色，这也是精心计算的吧。市中心 EROS 电影院，典型装饰艺术（Art Deco）建筑风格，几千座位几千人，在漆黑光影中清楚明确地做着集体的梦。外头的昏热和混乱且先放下，更不要谈政治经济民生疾苦。梦在这里，比一切都重要。而且不是一个人偶然发发无聊的梦，梦是属于大家的，格外有一种强蛮力气。

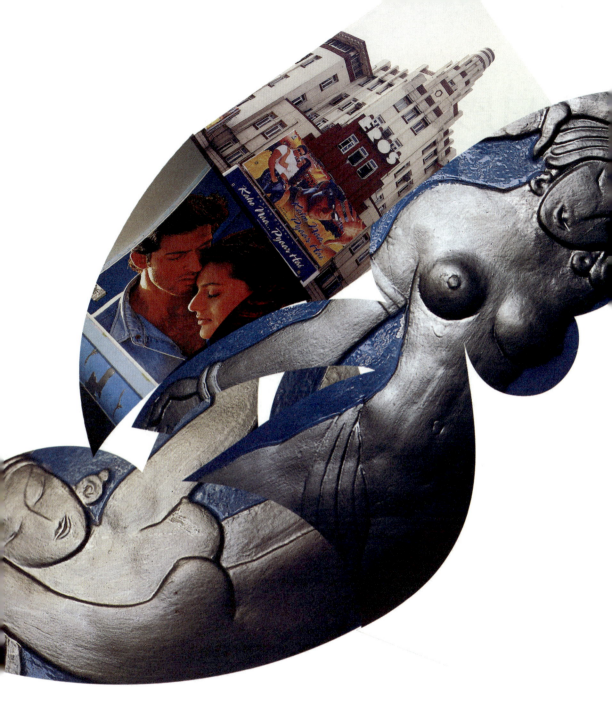

印度孟买，二〇〇〇年春
Mumbai, India, Spring 2000

日影 shadow under the sun

　　东山区下河原町八坂鸟居前下——我把地址拿在手里看了又看,地图翻得翘起了一角,更在这弯弯窄窄的靠山小道旁来回走了几遍。身旁的同伴 M 由和颜悦色转而开始有不寻常的笑容,而我更是心烦气躁,豆大汗珠从额上直往下掉。远道而来,不为什么源远古物风雅庭院,为的是一碗绝品亲子丼(鸡肉鸡蛋饭)。

　　每到一个城镇,安顿妥当之后,习惯第一件事是找出一家有规模的书店,翻翻当地的旅游指南。久而久之训练出一种直觉,知道哪些只宜翻看哪些必须携同上路。未到京都,成百上千种旅游专刊中我一眼看中这本指南,说实话,也就是看中了名胜与美食同时图文并茂的编排,八坂神社的猩红建筑下面有一碗鲜美诱人的亲子丼!

　　告诉自己要把这条小巷再走一遍,终于在这所木头房子与那所木头房子当中发现了窄窄一道门,绝不起眼的小小布条上书几个我不懂的日文字母——然后是典礼过程:独沽一味的鸡肉及滑蛋与米饭组合,老店东不慌不忙地在小小厨房里为客人准备,早已饿得手软脚软的我,掩饰不住一脸喜悦,吃罢一碗再来一碗……

　　终于满足,得意的神色叫 M 直摇头。墙上精工计时显示原来已经是下午三时,赶忙再翻指南看看附近有没有吃茶店,有茶的话又怎欠得精致和果子——走着走着,午后的阳光已经在玩日影游戏,回头一看自己长长的身影,我知道,有影一日,也会继续追逐这美味关系。

京都，一九九四年春
Kyoto, Spring 1994

吃不完 all you can eat

常常有人在身边抱怨，生活如何如何不如意，这个世界如何如何不公平——其实一切也就是从自己活动的那几平方米计算量度，对自己不利的没有额外好处的就称之为不公平，不按自己胡乱幻想成事的就是不如意，这样的骂那样的怨，其实是自寻烦恼。

我倒觉得一切冥冥都有安排，有玩乐的机会就必定要加倍工作，有美食当前就要冒着发胖的危险，有俊男美女做男友女友就有随时被狠狠抛弃的可能。很多时候决定权、选择权其实在自己手里，就看你如何走出第一步。

也许是习惯，就连决定点一盘喜爱的生火腿拌蜜瓜以及芝士酱云吞，也都大有道理地为自己开解撑腰。胖就胖到底，有因有果，更何况是在帕玛森干酪（Parmigiano Reggiano），意大利著名乳酪的故乡帕尔马（Parma）城，乳酪之外风干生火腿也是当地特产。有幸来到这里，自然就忘掉了卡路里计算表，抛开对体态的苛刻要求，享乐与犯罪，奖赏与惩罚，绝对公平公允，挑战社会既定条条框框，吃原来也有大是大非的斗争。

吃过了意大利的钟爱，又怎能遗忘也门的丰盛早餐和缅甸的平民下午茶。谈到吃，千言万语眉飞色舞，开怀大吃无罪，还贪心地拍照留念日后回味，讨自己欢心，除了吃，还是吃。

意大利帕尔马，二〇〇一年春
Parma, Italy, Spring 2001

回魂 spiral of the spirit

醒醒睡睡，再一睁眼，灰狗巴士已经沿河驶近世界心脏的中心，曼哈顿岛的天际在晨光中清晰可见，潜入行车隧道再出来，面前已经是港务局（Port Authority）巴士总站。

纽约我来了！顾不得一夜龌龊睡相，赶忙跟不怎么清新的纽约空气亲个吻，摇电话吵醒老同学，赶在他上学之前把行李寄存在他的小房间。唐人街附近的一所老房子，爬了七层开了门把行李往里头一扔，对不起赶时间上课晚上再见，我和我的随身背包就站在纽约街头。

有路就走，我倒不介意，而且人生路不熟最刺激。沿着百老汇往北走，纽约的不一样的尺码比例在我身旁第一次展开，放眼到处都是鲜活兴奋，不知怎的兜转到麦迪逊大道，不知怎的在东八十九街往左拐，面前赫然出现的是百闻不如一见的古根海姆美术馆。

记不起那回第一次在书里头看到弗兰克·劳埃德·莱特这所白色回转圣殿，倾斜楼梯层层拾级而上参拜打算用自然光照明的历代大师名作。后来读莱特的传记才得知这座设计方案也争议了十六年的美术馆在一九五六年动工，经历三年的建筑过程，在一九五九年底落成开放之际，莱特已经辞世半年，未能目睹，也未能亲身回应轩然争议。然而许多许多年后的今天，尘埃落定众口皆碑，我一兴奋快步上前，门一推，咦？今日休馆，明天请早点来。

纽约古根海姆美术馆，一九八六年夏
Guggenheim Museum, New York, Summer 1986

局外 outside

既然只有六个小时，从这一分钟开始就不停步。

旅行计划中的额外奖赏，本来不打算在科隆停留，可是神差鬼使昨晚赶上早几班的火车，也就造就了这个偶然机会。

科隆大教堂的广场外冷冷清清，寒风凛冽的清晨没有几个人。钻进教堂里望着前排疏落早祷的人，我在后排坐久了也不好意思妨碍大家与主沟通，趁未生事之前溜出去。

沿着异常整洁的小街巷闲荡，很多店铺都未开门营业。的确是典型的德国习惯，处处干净利落，每一天完结都把店铺收拾得像要歇业，每早都是一个全新的开始，连面包店也找不出一丁点儿昨天的残余碎屑，地板擦得光亮，隐约还有消毒药水的呛人气味，太干净是骇人的，也许我从来就习惯脏。

好不容易等到教堂旁不远的现代艺术馆开门，进去后边走边惊叹这里的藏品之丰富。旧馆加新翼，转转折折像一部翻不完的现代艺术史。可是博物馆、艺术馆、画廊却是最容易叫人迷失的地方，虽然路标清清楚楚，但对恒常一知半解者如我，记得这个画家的名字又忘了那个雕塑家的生平，面前出现的无论什么颜色形状，用的是什么素材媒介，常常都是一个又一个的问号。为什么他或者她这样做？为什么我总是不明白？甚至喜欢与不喜欢都不知道为什么……只有告诉自己，很多时候，我只能是个局外人。

德国科隆,一九九〇年春
Koln, Germany, Spring 1990

水世界 water world

大好晴天，怎好意思待在室内？

行旅途中，其实可以不必一天到晚往外跑。累得厉害其实什么也看不到记不牢，大胆留在室内只看看窗外风景，其实是种成熟的奢侈。可是今年春天，经过的地方总是下雨：德国大城小镇、伦敦、东京、米兰，雨衣雨伞不离手，常常是大雨淋漓被逼懒在室内。难得数天在巴黎，老天竟然肆无忌惮地放晴，干爽轻快，巴不得二十四小时在街上跑。

巴黎实在有太多太多可以看可以玩的，匆匆又匆匆，但玩得过瘾，慢慢也有另一种看法。在这个花园一般的都市里，决定好好地游花园——好些年来把市内东南西北大大小小的、古老的、现代的、华美的、简陋的公园都游遍，印象最深亦每次必重回探访的是雪铁龙公园（Parc Citroen），一个建成于二十世纪九十年代初的干净利落的公园。说它简约又未免小看了建筑设计师和园艺师的细密心思，每次沿着园内的散步道，走走看看，总有惊喜新发现。

雪铁龙公园其实有的是传统花园的气派，就如凡尔赛宫后花园那样贵气、那种讲究，只是年代换了，迷宫也有另一种规矩；以花季顺序，以花卉颜色，甚至以花的香气来分区，是某种意义上的花的博物馆，露天花圃之外，当然有玻璃温室引进一室异国花草树木，让游人可以旁征博引借题发挥，这实在也是巴黎人的专长。

当然每回叫我驻足停留且乐上半天的，是公园草坪上方广场里的"水世界"，称它作喷泉，它又跟传统喷泉不一样，五六排定时喷水的龙头"筑"起水墙，小朋友来回与水追逐躲避，湿个不亦乐乎。面前一对小家伙，又怕又贪又爱，嘻嘻哈哈地把身心都抛出去了。相对这些小朋友，我们这些大朋友实在太惜身子：怕水怕麻烦怕出洋相，自定规矩畏首畏尾，再好玩的都只有观望的份儿——大好晴天途经水世界，不得不停下来好好想一想。

来吧，管他一身尽湿，你究竟还等什么？你究竟怕什么？

巴黎雪铁龙公园，一九九八年夏
Parc Citroen, Paris, Summer 1998

问路 asking for the way

虽然喜欢迷路,但到了危急关头,迫不得已还是要问路。

可是问路也的确要眉精眼细找对象,好几回冒着汗拿着破烂地图拦途截住路人问,怎知路人甲路人乙也原来初到贵境,支支吾吾咿咿呀呀,不知道该不该信他和她,路人丙看来更需要人指点,还是不要去碰他。

这回在京都街头,意欲乘公共汽车往近郊嵯峨野看风景,可是一条大街几个街口来回数次,却总也找不到需要的公共汽车站——车站倒多的是,就是没有那个号码,硬着头皮只好不耻下问,怯怯地向身旁一个洋装中年妇人点头作日式微笑,用在旅游指南附录里学回来的破烂断句,巴士……巴士……站……六十……六十八……我……我想……诸如此类不知所谓地吐出一大串,心想她听得懂就厉害听不懂也算数,怎知洋装妇人双手合十,更用眼神示意我也要跟她合十——不知出于礼貌还是什么,我竟然按她的意思去做,然后她示意我要闭上眼睛,更把手放在我的额上,口中开始念念有词——难道迷路的寻找的真的必须要出动上天帮助?礼成,洋装妇人竟然开口用流利英语邀请我到她的家也就是神的家去了解了解,当然谢过了马上鸡飞狗走。

风景看不成只好顺路闯进御花园,远远看守卫叔叔如路标一样站着,心里盘算要不要再掏出破地图,礼貌地再问问路……

日本京都御苑，一九九五年春
Royal Palace, Kyoto, Japan, Spring 1995

窗外有窗 the windows

  我们仔细地端详过室内的陈设器物，比量过家具的比例尺寸，甚至研究过墙的颜色和质料，看得差不多了，我们发现了居室的一角，原来有窗。

  窗本来就在那里，我们往往却把窗当作必然，倒没有太理会窗的形态、窗的性格，直到有一天走进一个密封的没有窗的空间，你可能会突然惊觉窗的重要。

  开始留意窗，窗外窗内，两个世界。窗也是门，推进来走出去，是经验的开始和结束。

  常常也想，窗的造型看来也影响一个人怎样看这个世界吧。澳门的一座位处闹市的教堂，窗都是比例恰好的椭圆，一列排开有一种温柔敦厚的韵律感动，这样的窗，是特别适合天使进进出出的吧。

  有一回在阿拉伯沙漠地区旅行，沿路的房子都是泥砖堆叠，偌大一面土墙上往往只开一扇小窗。窗也没有框，有方形也有各种古怪几何形状。幻想着光线通过这些三尖八角的窗投射到室内，那是一个何等陌生有趣的世界。

  也曾路经山区，抬头有土皇帝的显赫古堡，厚厚的石墙有一种壁垒森严的肃杀。直至走进去攀上那看来没有尽头的阶梯，才发觉石墙上满满都是小洞，这些窗口也是枪口，窗外都是入侵的敌人，这倒是一件绝对没趣的事。

  还是那回在缅甸印象最深刻。走进方圆数里的庙宇群中东看西看，面前的一幢小房子据说是某位住持和尚圆寂前的居所。房子实在很小，但四面八方都是窗，我甚至怀疑这其实是一个亭。只是每个窗外都放置了那个脸上挂着金丝眼镜的和尚的坐像，一年三百六十五日从早到晚朝外望，窗外人世间有什么风景怎能不清楚？只是这一切在和尚的眼里都是一场空，开了窗，看到什么看不到什么，原来都跟自己无关。

澳门，二〇〇二年夏；缅甸，一九九八年春
Macau, Summer 2002; Myanmar, Spring 1998

不开的门 a closed door

  从第五大道北上，走走停停，那么几十米的一个街口，抬头实在有太多风景。同行的是兔我却是龟，他早已不知跑到前边哪里去了，我还在逐一端详那一头高耸入云的摩天尖顶，那些沿着建筑物周边的或石刻、或钢铸、或镶满各式玻璃瓷件物料的雕饰，由哥特式图纹发展到维也纳的分离主义、德国的表现主义、法国的装饰艺术几何结构……什么叫作国际大都会？抬头就是！

  冒阻街之险，更要小心马路安全，为拍某个建筑细节，往往要跑到对面街角半蹲半跪取景，纽约客对这些来自全球各地的朝圣者自是见怪不怪，练就一副冷漠面孔——虽然也有极热心的大力推荐我到洛克菲勒中心对面的某幢商业大厦的三十二楼窗口取景，保证居高临下。那里更是他的办公室——问题是你有没有这样大的胆，跟陌生人上楼而且随时被迫要吃他递过来的糖。

  我因此还是站在街头，这回是盯死一扇紧闭的极有气派的黑色大门。门上镶有典型的装饰艺术风格（Art Deco）的流线浮雕，当年的流行风格至今还独领风骚。之后的好几天都在这里来往，却总不见那大门有开启的迹象。门内又该是怎样一片天地？对于大部分的过客，很多大门都不是能随便打开的。

纽约，一九九〇年春
New York, Spring 1990

几何 geometry

　　无论这里多美，我知道，我只有机会来一次。

　　走过了这些乡村城市，经验告诉我，那些平凡普通的地方，往往天意安排、无聊重访无数次，而那些风景绝妙、建筑独特、人情丰厚的地方，总是匆匆一瞥就再也难得回头经过——所以每回被眼前所见一触动，都肆意地让一切感觉细胞无条件开放、尽情地吸收，生怕走漏了可惜，且贪婪地把一切都搬进自家脑海，拼命进占一个理想位置。

　　身处格拉纳达古城的阿尔罕伯拉宫，我的贪婪工程正在高速进行中。《一千零一夜》故事当中的伊斯兰宫殿如在眼前，清幽与华美并存。午后的懒懒阳光叫这里匠心独运的一砖一石更添瑰丽颜色。走过有十二只雪白大理石狮子托着喷泉的雄狮院，环绕中庭有一百二十四根雕刻精细的廊柱，墙上更是嵌满伊斯兰艺术中叫人目眩的天然艺术品（Mosiac）。由于伊斯兰传统中禁止偶像崇拜，人像甚至动物肖像都极少出现，也因此发展出一种唤作 Zillij 的拼砌镶嵌传统，无论是手工切割的瓷砖，上了釉的泥板，还是各式玻璃和石材，形状大小不一的竟拼在一起，三百六十种图纹变化，加上不同颜色的调配，格外精彩。在这些动人心弦的结构当中我突然想到"人生几何"四个字。唔，原来如此。

西班牙格拉纳达古城，一九九二年春
Old Town, Granada, Spain, Spring 1992

飞行中 in the air

一夜在空中睡得好，我想我是幸运的。

从来到处都可以安睡——在几千米高空的合金铝板机舱里，在节奏铿锵徐疾有致的长途火车内，以及在曲折山路午夜飞驰的公共汽车座位里，当然还有在不知名小旅馆甚至人家的床上，坐下躺下说睡就睡，且按时按点自动在闹钟有所动作之前自行醒来，睁开眼：面前晨光一道，流泻一地。

专挑半夜在香港登机，赶上伦敦的清晨破晓。飞机着陆未停定，悄悄掏出随身听耳筒一塞，ECM 守门大将杨·葛泊瑞克的《十二个月亮》，在冷峻高昂的萨克斯音乐声中一一升起——机舱门一开，还有点虚浮的双脚脚踏实地，久候的冷冻空气挑动触觉神经，到了。

这回目的地是米兰，一年一度家具展，有关人等像候鸟准时来回往返。靠侧门朝向转机室，离第一班往米兰的客机起飞时间还有个把小时。耳畔《十二个月亮》徐徐退下，身旁的人声渐渐立体真实。作为一个时空交接的中途站，机场是最叫我有奇幻感觉的一个地方：巴不得把昨天的纠缠一一扔掉，一头又栽进不可知的明天后天——至于此时此刻，正好挑一个阳光充足的位置，让面前匆匆的剪影熙来攘往自成图画，一切飞行中。

伦敦希斯罗机场,一九九七年春
Heathrow Airport, London, Spring 1997

地底惊魂 an underground horror

　　一股呛鼻刺眼的不知混杂了什么的怪异气息扑面而来，甫一钻进地铁入口就先来一个超级奖赏，我知道，名不虚传，我没有错。

　　早就来过，我们都有过事先张扬的许多许多纽约地铁经验：你看过伍迪·艾伦在对面月台傻兮兮地东张西望；你看过梅里·斯特里普一身便服在车厢里像个女教师；你看过罗伯特·德尼罗被黑帮同党追杀，胸口一刀横死在车厢里；你更有幸看到凯斯·哈林（Keith Harring）在地铁走廊通道张贴海报，涂涂画画他的注册商标吠天犬、电光婴儿、跳舞火柴人……还有成百上千MTV实景，时装专辑硬照、广告、访问、新闻，都在这个最局促、最肮脏、最恐怖、最危险，却又最有生气、最有能量、最直截了当的一流环境中进行。第一回又惊又喜闯进去，竟然毫不陌生转弯抹角登上一号快车，从曼哈顿南端码头北上。

　　外头阳光明媚，地铁里却是阴森世界，坐在一堆"现代艺术"的豪放笔触当中，列车通道一端的钢门"啪"的一声打开，走进两个明显是醉了的黑人，单看长相看不出年纪，因为一脸沧桑加上险恶加上疤痕加上醉相，口中念念有词，时而呢喃时而吆喝，其中一个摇着酒瓶，更往后袋企图掏出一些什么——然后轰隆一响，车厢里的灯突然戏剧性地灭了，漆黑中度秒如年，一车厢竟然没人敢哼一声——十数秒后光明再现，大家大眼瞪小眼，那两个男人却已醉倒在地。

纽约地铁，一九八六年春
New York Subway, Spring 1986

游园 in the garden

　　有风一日，还可以放风筝——在开阔的郊野空地上放，在局促的小单位十八楼C座把风筝放出窗外——形形色色都试过，反正想飞，飞个十万八千里，但也知道风筝总有那么一根线，牵于地上。

　　风筝不是种玩意儿，风筝从来就是个隐喻，至少自家投射种种象征意义。人在外，游离浪荡，往往更凸显对其民族传统文化生活习惯的牵念：不知怎的总会走进唐人街，不知怎的总会早晨起来蔑视咖啡烤面包片，思念白粥油条一盅两件，不知怎的走进纽约大都会艺术博物馆二话不说总会直奔阿斯特庭院——一九八一年正式对外开放的一个展室，千里迢迢请来中国工匠复制苏州著名园林网师园"殿春"簃小院：用的据说全是古代中国建筑技法和材料，将中国园林中调动人全部审美感官的精粹尽情地发挥，诗之具象化，画之立体化，叠山理水，把大自然的气势神貌通过巧妙的总体布局安排，再现眼前——时空错乱，从未亲自到苏州园林访古的我，一下子在异地忽见故国，一梁一瓦一几一桌，都是自家文化精粹，又骄傲又羞愧：清楚知道这里的每一件文物背后都有血有泪有屈辱……在宁静和谐的园林庭院中，心绪却是跌宕起伏。

纽约大都会艺术博物馆，一九八六年夏
Metropolitan Museum of Art, New York, Summer 1986

阿拉伯之光 arabian light

认识阿拉伯世界，竟然在巴黎！

塞纳河南岸秀拉桥畔的一幢透明玻璃与金属建筑，成了阿拉伯文化面向世界的一个展示场、资料库，最传统与最先进在这里碰撞交融：文化、科技、经济、政治……都是这里讨论和研究的题目，远道过客如我，也乐得在这座光明磊落的建筑里一探阿拉伯文化的神秘绚丽，我们早该知道，巴黎作为一个大都会，不是因为它只有铁塔、凯旋门、红磨坊……

走进这幢属于未来的建筑，不得不佩服负责构思营造的法国建筑师让·努维尔（Jean Nouvel）。最为人乐道的当然是大楼南墙玻璃幕内十层并列了二百四十个金属窗帘，零点四五平方米的窗中有一大二十小的犹如相机快门的活门，随着日照强度自动感应调节开合，其灵感当然也是来自阿拉伯建筑中常见的雕花木窗，努维尔在这里用了现代先进材料去演绎发挥，同时尊重保留了阿拉伯文化精粹，怎不叫人击节赞赏！

散落室内的优雅光影中，这里还有精心策划的定期展览，有资料齐全的图书馆、报刊杂志阅览室、视听设备，当然少不了叫人心驰神往的舞蹈和音乐节目演出……固然我们知道还得要走进大漠里走入砖泥屋中去进一步认识了解阿拉伯文化，但此时此刻，我在这里推开了一扇门，看到光。

巴黎阿拉伯世界中心，一九九〇年春
Institut du Monde Arabe, Paris, Spring 1990

街头装置 street installation

四月伦敦，早中晚还得藏在羽绒大衣里头——顺带一提，自从某年寒冬在零下十五摄氏度发现了可以把自己一条贱命交托给轻飘如无物的上好羽绒大衣，从此路上不离不弃，神奇地把羽绒大衣折压得可以放在行李中任何一个小角落，简直是救生衣——话说回来，温暖地走在春寒料峭当中，早晨第一时间买来 *Time Out* 指南，争分夺秒地做个勤奋的过路旅客。

南岸的海沃美术馆是今天第一站，一个名为物质文化（Material Culture）的展览正上档。当中近百件展品全是二十世纪八十年代以来英国当代老中青艺术家对周遭剧变的物质环境的一个回应和思考，大部分都是雕塑、装置作品，大量用上塑胶、玻璃、水泥、金属、夹板，或者吸管、包装铝罐、瓶盖、霓虹灯管、车轮等现成工业制品，偌大的两层展厅里煞有介事地都是精心安置的"垃圾"，走动其中，在"提炼升华"过的日常生活中似是而非若有所思，老实说，有点怕有点累。

然后肚饿，然后钻出去找吃喝。沿岸拐回地铁方向，桥底某处大模大样地有一堆破烂弃置的家具，习惯性地走过去看看有没有说明简介，看看是哪年哪位艺术节得奖新秀，走上街头弄个个人展览，大太阳底下人人都是艺术家，处处都是美术馆，有人如此说过。

伦敦，一九九七年春
London, Spring 1997

历史散步 a walk through history

做好功课,专程跑一趟诚品书店,买一本图文并茂解说详尽的《台北历史散步》,我乘公共汽车来到艋舺龙山寺。

对于标准的旅游观光胜地,不知怎的我总是"政治错误"地抗拒。经过伦敦这么多回,没有进过圣保罗大教堂,在纽约没有登过帝国大厦,甚至住在大山也没有到大佛跟前朝拜。几年前在台北勾留工作的大半年中,吃吃喝喝看书逛街,终日浮在都会流行文化的表面,给自己借口工余享乐,也懒得再多走一步深入当地文化历史。其实身边资料多的是,有心人早已又编又写又绘图又拍照,就如身边这一本《台北历史散步》,清楚明了地勾勒出台北历史,也分区分点地带你逐一游历古老街巷庙宇,在闹市的车水马龙当中感受流动不息的历史——

步进龙山寺,忙着低头看解说,抬头看精美富丽的庙宇装饰。从檐下的斗拱、木雕、彩绘、铜柱到壁面的石雕故事场面、对联、牌匾,无一不精致可观。还可以依从书中引领,看龙山寺的历史背景,看位置和坐向,看布局,看神明和仪典……难怪沿指引前进参观,仔细绕行寺内一圈,需要两个小时。眼界大开之际,离去前才猛地想起用相机拍了唯一的一张相片。这回我知道,我来,不是只为拍一张到此一游的照片。

台北龙山寺,一九九六年夏
Lungshan Temple, Taipei, Summer 1996

趁墟 market place

巴黎戴高乐机场，拥挤混乱中我问那位比我还要累的地勤小姐：请问我在曼谷转机的时候，可否到城中走走——

心血来潮开小差，说做就做。出门已经两个星期，也不晓得自己为什么还有这样的精力，鼓起余勇，回港途中调动一下航班，碰上星期天，矢志起早趁墟。我知道，曼谷当地时间才早上五点十五分，说不定我比那些开早市的还要早到。

果然如是，周日清晨曼谷市郊的恰吐恰克（Chatuchak）市场，还在熟睡状态。从前好几次到这里，都是日上三竿，在熙攘的人潮里，在古董、陶瓷、衣物、乐器、木刻、小吃、鲜花、鞋袜、公鸡、蟒蛇充斥的小巷中，钻来钻去不到五分钟已经汗流浃背，更不要忘记手中怀里已经拎着抱着大包小包……难得是这个如水的清晨，空荡荡的市场完全没有游人，我就像一个蹑手蹑脚溜进后台探班的，发觉一众演员乐手还在睡大觉，有人偶尔翻翻身，有人伸伸懒腰准备起来——

天际泛着鱼肚白，卧睡在摊档旁的商贩陆续起床活动，灯泡和霓虹灯先后亮起，怪怪的叫人不知是早市是晚市。有人开始刷牙洗脸吃早点，有人开始堆叠如山的胶鞋，张挂如旗海的白T恤衫，斗鸡竹笼如装置艺术，七彩糕点香甜诱人……我来趁个早墟，什么也没有买，却是什么都看得到。

曼谷恰吐恰克市场，二〇〇二年秋
Chatuchak Market, Bangkok, Autumn 2002

未来 future

三天三夜，都在下雨。

巴黎夜行列车南下，二等车厢卧铺最上层，滴滴答答听了一宵的雨，也就是说，没睡好。清晨四时列车停在法国边境小镇——为什么边境都像安哲罗普洛斯电影中（现实中？）的边境，检查站局促幽暗，雨中雾中没有风景，连蹒跚的鹳鸟也不知踪影。只有等天亮：等未来的一线光。

三个半小时之后，我和同伴M站在另一座陌生的城市的雨中街头，拐个弯，啊，久等的一个画面排山倒海向我们压过来，我深呼吸，笑了。

好久没有这样一种悸动，我们走近，我们抬头，我们伸手触摸，我们低头钻进那些因下雨湿滑积水的隐秘角落……幸好天阴下雨，M说。也幸好是这个游人冷淡的春季，我说。我们不用在烈日下被这一尾全身铺满钛金属的鱼刺痛眼，也不必在来自五湖四海的人潮杂音中忙乱了行程和心绪。因为持久的细密的春雨，叫大家必须放缓脚步，冷静地配合此情此景。

早在众多建筑设计潮流时尚杂志中读过看过弗兰克·盖里（Frank Gehry）设计的这一幢坐落于西班牙巴斯克地区毕尔巴鄂市的古根海姆博物馆，早已蠢蠢欲动要亲自来一趟。看过他设计的在巴黎的美国中心，坐过他设计的扭曲飞扬的木条椅，惊叹今时今日还有这样一个精明的疯子！作为雨中路过的我们无谓纠缠于关于这幢建筑的纷扰的学术争议。我望着M，知道当下叫我们感动的，是私家幻想的大胆实现，是个人对未来的勇敢承诺。

西班牙毕尔巴鄂，一九九九年春
Bilbao, Spain, Spring 1999

蛋 egg

因店之名，我和同伴 M 上下求索。

店名叫作 Egg，早在杂志上看过图文介绍。心想趁这趟到伦敦，一定要探访这家把衣服和陶瓷放在一起的小店，要走一趟图片中只拍出一个小角落的刷了白的木楼梯，还得找个机会跟两个女主人聊聊天……

店在海德公园一隅，霸道的哈洛德百货和刻意争先的哈维·尼克斯百货在大街上拼个你死我活，Egg 却与世无争地在邻边小巷里，我行我素干净利落，运行自如。

几番迂回兜转，面前是一列乔治时代两层排屋，都是住宅，外墙一律都刷了白。我和 M 顺着门牌走走停停，终于发现了很不显眼的镶在木门上的三个金属字母，从旁边小巧的窗门探头内望，到了到了，急忙推门进去，兴奋喜悦，从容镇定。

果然厉害！没有多余颜色多余款式和质料，一切就像自家衣柜中为自家缝制的衣饰，简约家族的成熟亲戚。店的另一端一列壁柜上陈列的是几组陶瓷杯、盘、壶、碗，都是素净平和的性格，小小的一室里众多创作在悄悄对话，沿木楼梯上去该还有另一个世界——这时 M 拉拉我的衣角，转头一望，三袭连身长裙在享受透进室内的懒散阳光……

伦敦，一九九六年春
London, Spring 1996

瓶分春色 the bottles

爱人如此，爱物原来更纠缠。

经常刻意告诫自己，算了算了，非日用必需的还是不要上身上心了，就让一切花花在自己的世界里自顾自地灿烂，然后枯掉算了，反正都是潮流——但实际上，潮流来来去去，却的确有身经百战的竟然留得下来跻身经典。经典当然不一定价格昂贵，就如面前三个大小不一的绿色玻璃瓶。

跟它们邂逅是好几年前的事了，当然首先还是在杂志上惊艳的：心仪的英国家具设计师贾斯珀·莫里森（Jasper Morrison）一贯以他的轻巧聪明，一手执着简约，一手也提升想象，简单干净却又处处刺激好玩。在他为不同厂商设计了一系列桌椅床柜之余，不知怎的又跑出了三个高矮肥瘦不一的绿色玻璃瓶：这个绿是玻璃才有的绿，瓶口特别向外水平发展，三个瓶站在一起玩的是比例关系的游戏，用来盛水，盛酒，还是就让它们盛着空气，都悉听尊便各自发展。当然你大可把它们当作三个空空啤酒瓶，垃圾房多的是，但当你目睹且把它们提在手里，果然自有魅力自有重量放不下。

有缘无分，每年在家具展都会跟它们碰面，多番打算买一套回家，到最后还是怕山长水远一身行李唯恐疏忽打破，今日在伦敦的 SCP 大本营又再度跟它们遇上：老板还说会有私家折扣……

伦敦，一九九七年春
London, Spring 1997

娃娃娃 dolls

　　约好了在苏豪的街角咖啡店碰面，L 习惯性地迟到。我倒无所谓，反正临街的落地玻璃窗外或快或慢走过的，都是漂亮的人——漂亮，尤其是自己的心情舒畅，面前各式人等都好看，连蹦带跳的孩子看着看着就长大得一本正经，肌肉暴涨不可一世的看着看着就年老色衰腰弯背驼，人行道上加点想象力，把自己也放在当中做个不可或缺的配角，一场好戏随时上演。

　　常常对 L 说，你这个金发碧眼的标准美男：小时候可会是人见人爱人捏的娃娃？他一贯自负地笑，更从钱包里掏出自己小时候的生活照在我眼前一晃，果然是童星范儿，有价有市，照片中的他已经带那么一种傲，双手抱着差不多同等高的玩偶，乐在一起。

　　你一定要走一趟贝斯纳·格林（Bethnal Green）儿童博物馆，L 有一天对我说，我的前半生都在那里展出：欧洲历代传统木头玩具，十九世纪以来的铁皮玩具，锡的铁的军官士兵，最齐全的熊人家族、玩具屋、幼儿教材，当然还有来自世界各地的娃娃玩偶——我站在那个密封的玻璃展品箱前，面前仿佛有外祖母拖拉着母亲在黄浦滩头散步——一组二三十年代在上海手制的穿着传统服饰的布偶，辗转流徙，在这里打算站到一个世纪……

伦敦贝斯纳·格林儿童博物馆，一九九七年春
Bethnal Green Museum of Childhood, London, Spring 1997

滚出去！ roll along

　　停停走走，环城高架桥和高速公路的堵塞情况，看来是每个城市都司空见惯的。本来自以为聪明的我们刻意避开早晨上班车流高峰期，怎知还是给堵在不息的（而且不怎么动的）车流当中，车厢里一众由闲聊到无声到焦虑，南下的计划本就难准确预计时间，如今看来更难在天黑之前赶到准备投宿的城镇，或许都得在公路旁敲敲汽车旅馆的门了。

　　堵到某一程度，不知怎的又舒缓流畅起来，我们租来的鲜红小轿车飞也似的赶路，不消一会儿就把巴塞罗那给抛得老远，身旁负责开车的 M 一向谨慎，趁还在城郊范围找个容易用英语沟通的加油站补充检查，也分派我去为大家买点吃喝——可是所托非人，甫一下车，我却为 Mr. B 吸引了去。

　　当然这不是自以为风趣抵死的 Mr. Bean，却是早出道大半个世纪的 Mr. Bibendum。这个法国米其林轮胎厂的注册吉祥物，身体由大小轮胎层叠而成，看来会被近世嗜瘦如命的健康之士驱逐出境，却其实在世纪初交通起飞的黄金时代，红极一时。公路交通发达，除了有公路有汽油，上好耐用可靠的轮胎也是大众需求，Mr. Bibendum 不是一个随便的玩偶，一直出现在欧洲负有盛名的米其林汽车旅游指南和米其林各地饮食指南上面，大家自小随着 Mr. B 滚出去，遥遥长路精彩刺激地在轮胎下展开。

西班牙巴塞罗那，一九九二年春
Barcelona, Spain, Spring 1992

神奇光 the magic hour

常常自言自语告诉自己，虽然不是专业摄影师，但也不妨背包里放个像样一点的相机，身边大事小事随时发生，手头马上可以做点记录（可留作以后八卦回忆）。从早期沉重得像砖头的机身加镜头加闪光灯，到如今多功能合一且数码的小巧机种，毕竟在肩臂腰背累坏之前科技也早已救了我一命。

全副轻便武装是有了，外加各式幻灯菲林一大堆，可是提起相机拍照的兴致与气力却骤降。也许这几年来跑的都是熟悉的大城市老地方，要拍的大热景点到冷清街巷都拍过不止三次，而且常常背着一个公干的包袱，日间东奔西跑见人见物都有目的，心思精神都耗掉七七八八，有空只想坐坐喝喝水，早把背包中的相机忘掉了，晚上自己随便吃点饭，回到旅店巴不得蒙头大睡，连按下摄像机拍自己六小时实验睡相参加独立短片的心情也没有。

只好期盼神奇时刻，一天将尽的那十几分钟，精力殆尽之前回光返照，天地变色，最不济事的业余摄影师如我，举起相机乱按也可捕捉到周遭的神奇光影，我满足，我笑，在余下的黑暗里。

所以也就跟自己说，少逛了一个旅游指南上千叮万嘱要去的热门名店，错过了某个据说一生一定要去一次的绝世景点，看不见蒙娜丽莎吃不到当令松露菌，都不打紧，反正抬头看天，天色四时变幻也真的好看，管你远在塞外大漠，又或者近若一海之隔的澳门，心情好心情坏，天色都不会欺骗你。

拿起你的相机、摄影机、智能手机，又或者原始至一张纸一支笔，用影像用文字捕捉这个奇异时刻——哪怕见证的只是属于个人的小历史，只要是能够真正触动自己，也一定能觅得同途上路懂得欣赏可以沟通的人，因为这天赐的光影，我此时此刻满是喜乐。

巴黎，一九九九年秋
Paris, Autumn 1999

一律博览 world-wide exhibit

睁开眼,不知身处何处!

并非悬疑科幻惊悚片段,头顶天花板是杏色的粗条纹胶砖板,四壁的墙身都铺上极碎花墙纸,米黄色调,木头书桌喷上了易于清洁表面的漆,花布罩上落地灯,映照墙上挂的印刷风景素描,往左望一列窗,叫作窗实在也不能开,不能让外头三十层高的新鲜空气流通进来。往前望一床被铺都是我平日不会选择的粗枝大叶纹样,再往右是浴室、厕所,里头从洗手盆到镜台到厕座到浴缸都是塑胶倒模制作……

把眼再睁开,深深吸一口空调凉气,我是在伦敦?在巴黎?在柏林?在东京?在香港?三四流酒店旅馆的千篇一律,真的叫过路旅客的游魂不知归向何处,一觉醒来要花上好一段时间才能回到现实。

清醒清醒好歹记得自己身处名古屋,一连数月是世界设计博览,名古屋旧城新区连线,好几个展馆把国外国内的消费设计商户产品共冶一炉,成为一个主题大卖场。以设计之名,谈的是大同、规划和标准,但明显目前身处的就是大量生产沉闷无性格的室内装潢,实在反讽。

登上港口观景楼,明媚阳光照耀当中有个特大地球仪,自转公转,且看转出一个怎样的未来?

名古屋设计博览，一九八九年夏
Design Expo, Nagoya, Summer 1989

黑市 city of darkness

一路顺风，可是当车驶进亚丁城，风不知怎的就停了。

昏热的午后，人已是极不耐烦。向导穆罕默德领着我先后走了几间旅舍，可是一间比一间的情况坏——因为亚丁曾经是也门第一大港，风光辉煌过，上上下下也就有一切城市的傲慢和混乱。我已经是那种尝试从一切不快中观察和领悟乐趣的旅客，可是也开始在相互拉扯讨价还价的纠缠中满头大汗，面有难色。

好不容易找到一个勉强可以入住一晚的小旅店，匆匆擦洗一路泥尘，赶在黄昏前去看一眼我来这里的唯一目的地——十九世纪法国诗人兰波短短三十七年勾留世上，早年以其疯狂放肆的诗文和情事震惊文坛（《心之全蚀》中莱昂纳多演来总算合格，《泰坦尼克号》一役之后也许再难一睹他的活泼），十九岁后诗神离他而去，摇身一变营商贩卖军火之际曾经在亚丁城中住过一段日子——我们兜转了好一会儿，终于在一座擦了蓝白油漆的法式建筑面前停下，好几年前被法国政府重修好的兰波故居，现在应该是法国文化中心，可是不知怎的重门深锁，门外张贴的海报破烂过时，颇有人去楼空的意味。

唯一的目的不遂，不太高兴地只好随便逛。车又停在市内依山而建的一座半荒废水库外，本是千年古迹，先民筑起十八个蓄水池为亚丁城市民提供饮用水，年久失修及至十九世纪英国统治期间又再重修使用。可是如今英人早归老家，水库竟然变成乌鸦家族的聚居地，几百只漫天盘旋，天昏地暗且有邪恶征兆，我只好自叹倒霉，闯入黑市怨无可怨。

也门亚丁城,一九九八年夏
Aden, Yemen, Summer 1998

浮床 floating bed

车在高速公路上跑了四十五分钟，身旁的P以一贯的温文娓娓述说他在意大利工作的种种喜乐烦忧，谈到他怎样把意大利高级家具品牌逐一在香港推广，让大家从根本上去认识生活的品质、生活的美，眉梢眼角都见扬扬得意——还总得相信人杰地灵，车厢外急速流动的风景都足以叫这里的人骄傲，上下古今天大地大，多少虔诚专注就有多少回报，每一座城镇每一项文化传统都不是一朝一夕建成的。

回头一瞥路标，车驶离米兰已经六十公里，皮亚琴察只距几百米之遥，好事如我者其实对此城历史一无所知，只知这是众人推崇的时装大师阿曼尼的故乡，也是我们今天风驰电掣的目的：探访弓张床。

床是借口吧，P笑着跟我说，还是要看看他工作的意大利家具厂商德里亚德（Driade）在皮亚琴察的总部办公室、陈列室以及生产线。一年一度难得热闹，偌大的陈列室层层内进，一路还有美酒美食，年度新产品一组一系列自成一世界。许是喝多了，忽觉自己身处心仪的导演安东尼奥尼的"夜"的现场，马斯楚安尼与让娜·莫罗在米兰城中虚幻地浮荡，在甜美的生活中不知所措——然后我看见好好陈列的一张床，来，此时此刻，该睡了。

意大利皮亚琴察，一九九一年春
Piacenza, Italy, Spring 1991

起飞 take off

　　从来怕热闹，这回赶在热闹之前匆匆抵达，存心先睹为快——一九九二年巴塞罗那有全球盛事奥运会，塞维利亚有世界博览会，马德里是本年度欧洲文化首都，三喜临门兴奋刺激。但换个角度也是大考验、大负担，怎样从长期的佛朗哥专政统治的阴影之下正式解脱出来，重登国际舞台，在科技、文化、艺术各方面再领风骚，全球各色各式人等都在仔细注目，西班牙全国上下自是不敢怠慢，全力以赴。

　　同行的 M 是博览会其中某国展馆的建筑设计者，所以跟在他背后直闯施工重地，如入无人之境——建造中的展场既实在又魔幻，明知只能存在三个来月，之后解体四散，但却并非一般布景手工，从整体到细节都认真过人。更不用说那些为配合奥运会而兴建的运动场、奥运村；更有周边配合的各种文化艺术展馆和活动场地；负担起沟通运输的铁路、公路、桥梁以及通信塔……突然一夜之间，各城市要塞都成了工地，因为曝光日子一天一天迫近，身边事物都争先恐后飞跃，一贯热情的西班牙人，可会想到有一天一切归于平寂，过热后的冷却并不好受？

　　飞跃高潮中终于要跟巴塞罗那告辞，在里卡多·波菲尔（Ricardo Bofill）设计的机场新翼里来回游荡，从来怕商场大堂里吓人一跳的几米高的假树，可是这回走近确切知道如假包换，棕榈树下，心情起飞。

巴塞罗那国际机场，一九九二年春
Barcelona International Airport, Spring 1992

大世界 big big world

　　走在古城崎岖的泥泞路上，我们的向导穆罕默德不慌不忙地给我们说故事：抬头看，对面山顶那座荒废的古老城堡，是八百年前稚华朝代女皇的行宫，居高临下景色一绝是当然的事，更厉害的是宫殿有三百六十五个房间，女皇每天都住一个不同的房间睡不同的床——原来女皇也是行为艺术的追随者，身体力行，每日不同窗户不同风景，可也替她的一众侍婢随从叫苦，每天都得打扫布置不同的房间，且要看脸色看心情……

　　不同的房间探头外望，外面的世界可会不一样？人好新鲜，即使原地踏步，也要刻意有快有慢有变化，更何况争取主动换个位置，在不同的时间、空间里再看看自己，天变，地变，人变。

　　看罢可远观而不可进内的宫殿，我们沿着碎石小路往山下走，穆罕默德说下回再来的话，宫殿可能修葺改建成酒店，有兴趣做女皇吗？我倒愿意住沿路的民居，平民街坊更合性格，更何况——一堆泥砖民居中让我发现了国际电话服务中心，外墙更手绘心目中理想的世界。偏远古城其实也争取与万里之外有联系，我们远从万里而来，又会以一种怎样的身份态度去看这里的山水人事？

也门吉尔巴古城,一九九八年夏
Jibla, Yemen, Summer 1998

土生土长 dust to dust

因为要看这一幢由泥板堆叠而成的高十层的"大厦",不远千里跑到这里,在大漠当中在烈日高温之下,还是会说:值得!值得!

还记得最初是在意大利导演帕索里尼的电影《一千零一夜》中看过这些叫人眼前不止一亮的建筑物,连想也没有想过的这种建筑形式叫那些标榜异国情调又不合格的只能靠边站,这些千百年来都没有改变的建材造法,用当地泥巴、稻草混进石灰搅拌成泥浆,再像做饼一样铺平切割,然后在烈日下暴晒数周,坚硬成型,泥板就可以运到工地开始盖楼。

这样只用泥板堆叠,不用任何钢筋水泥固定的方法,在外人如我的种种诧异好奇之下,大方得体、不慌不忙地,挑战所谓的现代化。偏远古文明的厉害,真的不容怀疑。听说泥板一直往上堆叠,连用泥浆糊一下也不必,就等一年一度的雨季,雨水自然渗透,把泥板接缝处慢慢融合,浑然天成,也许就是这个意思。

总觉得要到什么地方要学个一技傍身,就选择这个天大地大的校外课堂沙漠分校吧。百分百土生土长,尤其坐在吉普车内风驰电掣横跨大漠看远方蜿蜒山野,经千年万年风吹雨打尘化成沙成泥,然后经人工转化成泥板建材,建筑起这让好几代人暂且栖身居住的楼房。也许有一天这面前的一切都先后颓倒,泥呀沙呀说不定又再循环成为下一代的建材,生生不息,自有一种叫人放心的能量和智慧。

因此我不单只相信土生土长值得骄傲,天生天养更有保证。

也门,一九九八年春
Yemen, Spring 1998

花魂 the soul of the flower

有人就有事,在没有什么自然景观可言的台北,却满满都是有趣的人和事。

跟L约在工地见面,想起来,是在她的设计作品"里面"见面。L是我认识不久的一位室内设计师,身边朋友都说,你一定会喜欢她的人和她的作品。

总不懂得计算多少坪是多少平方米,反正在那将近二百平方米的光复南路的旧房子里,天翻地覆之后还原为一片白墙,清水砖窗花,一列一列的深颜色木头书柜、衣橱,按L自己的话说,是没有设计,只是这边应该这样,那边应该那样,弄一弄,舒服就是。

想到的是朴素两个字。问题是这个社会早已不是从朴素开始,去芜存菁竟得花上十倍百倍精力,坚持朴素而又活得出一种实在的风流,可得有点自家本事。

之后两回再到L的工作室连住家,一早一晚,同样地感觉舒服自在。这里的一椅一桌一幅字画以至杯盘碗碟,简单实在得有足够能量叫我去怀疑身边一大堆有棱有角的所谓前卫设计。家之所以为家,不在那里有什么设计师家具,更不在于空间大小,重要的是对自己和对与你共同生活的人有多少了解和尊重。也因为了解和尊重,你会找到和你们性格吻合的材料和质地,会生活得舒畅,会叫大家都有福气——即使是养的兰花有天枯了掉在桌上,悄悄地又会继续有姿态有故事,花有魂,有余韵。

台北，一九九三年夏
Taipei, Summer 1993

也是猫 y's cat

才早上十点，四周已经是惶惶的热。人太弱也太贱，一旦习惯了某种环境就管它叫合适舒适，稍稍更换一下，总是浑身上下不对劲，平日拿来炫耀的所谓适应力忍耐力，其实也只是好日子当中的自欺欺人，温度上升或者下降都影响心情，都有借口骂——不用负责地骂天。

穿得已经极薄极少，希望凉快一点同时也怕晒伤，难得向导穆罕默德还是穿一身传统长袍，和他的众多同胞一道，在大太阳底下神态自若有说有笑。下了车走在路上，那些好奇的眼神生硬的英语冲着我们来：日本人？韩国人？不不，我从香港来，中国人。

啊，中国！他们一脸笑意，面带几分崇敬：中国好，香港好，李小龙好，你好我好——当然我知道，在这个阿拉伯半岛的临海小国，崇山峻岭和浩瀚荒漠中的大部分公路，都是中国政府协助修建的，所以在鬼斧神工劈开来的悬崖公路旁，常常见到当年中国修路工程人员殉难的纪念碑，我们在曲折的路上几番停下来，向这些客死异乡的先辈遥遥致哀。

公路以外，商店里也不难找到中国出口的杂货商品，市集里今天让我碰个正着的是涂画在货车围板上的白猫洗衣粉，快乐之余仔细一看，两个努力描仿的中文大字竟然是"也猫"，也门的白猫，皆大欢喜。

也门塔林，一九九八年夏
Tarim, Yemen, Summer 1998

安心迪化 settle for good

不是访古,不是怀旧,一直自觉要多一点清醒。台北迪化街是生活本身,在这个闹哄哄的环境里,我得到最大的安心。

在迪化街头的永乐市场我们买布做窗帘做椅垫;过年时节我们在人潮中从一万种贺年糖果中挑爱吃的;在南街知名与不知名的中药堆中仿佛闻闻就会药到病除;走过中街还有五色六味纷呈的南北干货,香菇、笋干、红枣、金针菇、咸鱼、海带、紫菜、鱿鱼……迪化街北段更丰富,山货行、种子铺、碾米厂、长生店、油行、祭仪金纸店、农具铺、灯笼店、饼铺、金铺、鱼丸店,实实在在要啥有啥。在这条台北市内仅存的极富传统生活气息的老街当中,找到的岂止是过去?

抬头又是另一回事,从街头的屈臣氏大药房三楼外墙镶有的飞龙麒麟宝塔开始,迪化街有它自己的建筑史。闽南式店屋的单层楼,瓦片斜屋顶,屋檐下有亭仔脚(我们的骑楼底),木板门窗。外墙或红砖或土壁,不加雕饰,最古朴。走过几步有仿自南洋殖民地式样的洋楼,二层楼房,拱形窗洞,檐间线脚细密,花瓶栏杆,且以台湾本地清水红砖为主要建材,稳重厚实。而最花哨最亮丽的一整列巴洛克式楼面,装饰效果手法叫人惊叹,屋顶部位高耸的山墙,墙上繁密复杂的雕饰,花草树木飞鸟动物尽有,各出心裁的店号匾额框,屋顶端的杯形灯形花形收头,都叫人马上感到当年此处富甲一方的商贾气派。

走一趟迪化街,在种种陌生与熟悉的回忆和印象中间,理应不会迷路。

台北迪化街，一九九五年夏
Ti-Hwa St., Taipei, Summer 1995

街市考古 market archaeology

  明知故犯，早就知道没有带着锅炉铲勺上路出动，住的也不是带私人厨房的特种旅馆，也未至发展到到处"留情"在人家的厨房里借个火种——可是每到一地还是急急上菜市场，甘愿挑战自己的能耐，眼看口水流，却无缘买它个天昏地暗回去舞弄做个超级小厨师，没办法：因为看见面前堆积成山的蔬果，切割得宜的猪牛羊鸡鸭鹅，还有橄榄干果香料，鲜活的鱼虾蟹蚝青口八爪鱼，我已经自行高潮迭起。感受一个社会的繁荣富足，当从普通平民百姓的菜市场去认识了解开始。

  干货市场有它的规模格局，湿货市场更胜在它的热闹拥挤，每每就在摩肩接踵、讨价还价的亲密如吆喝当中，将当地上下几千年风土人情尽收眼底。甚至令人觉得，无论外头天翻地覆政权起落更替，菜市场还是恒常不变地进行最日常的买卖，菜贩肉贩果档鱼档与生客熟客之间的种种"恩怨"，是重复又重复的纠缠玩意儿，一年四季按时按节出现的生鲜杂货，是理所当然又意料之外的生活惊喜，一头考古另一头跨进未来，只有菜市场做得到。

  面前摊档中堆得满满的，是当令的芦笋和雅枝竹，各有贵气都需要想方法善待，虽然它们绝少机会同时上碟奉客，但在出场之前原来也可以这样亲密！

米兰,一九九八年春
Milan, Spring 1998

晒命 under the sun

从来怕人多热闹的场合，不因为什么，只是觉得这样闹哄哄的万众欢腾其实没法真正开心——倒是冷冷清清，小猫三两孤单可怜的，兴致倒真的来了。

所以挑什么时间上路去什么地方游玩，发誓不要在旺季的时候去。也因为这样，千辛万苦把自己变成自由职业者。所谓自由，只是争取到一个可以自由的淡季，让自己身边可以多一点空气流通，不必有几种人家身上的太阳油芬芳飘荡。

虽然威尼斯一年四季都挤满游客，但在阴晴不定潮湿多雨的冬季，总是比较容易避开那些游客团队，有一个比较真实、比较完整的威尼斯在你面前呈现。当然，把丽都岛上夏季小别墅在这个淡季租给你的一对老夫妇，晒得一身过黑过黄的肤色，就是典型的意大利中产人家心态——担心邻居们亲友们怀疑你没有钱没有时间去度假，所以拼命地和成千上百人挤在一起晒晒晒，有黑有黄甚至有皱纹为证，就是要说明还是生活得悠然自得，还可以呼朋唤友来晒命。

管你大伙一味在唱好唱旺，总得让我选择看淡一点。淡季出游，其实看得到生活中的更多细节：刚才有意大利老夫妇永留"印象"的夏日晒命，镜头一转是也门沿岸阿拉伯海边游客稀少的二三月间，当地渔民把捕来的小鲨鱼去鳍拆骨取肉，铺在旺季时泳客满满的雪白细沙滩的草席上曝晒，此情此景叫我想起自家乡下晒鱿鱼晒咸蛋黄，都是不同形式的晒命。最重要的是有旺有淡，多元化，有选择。

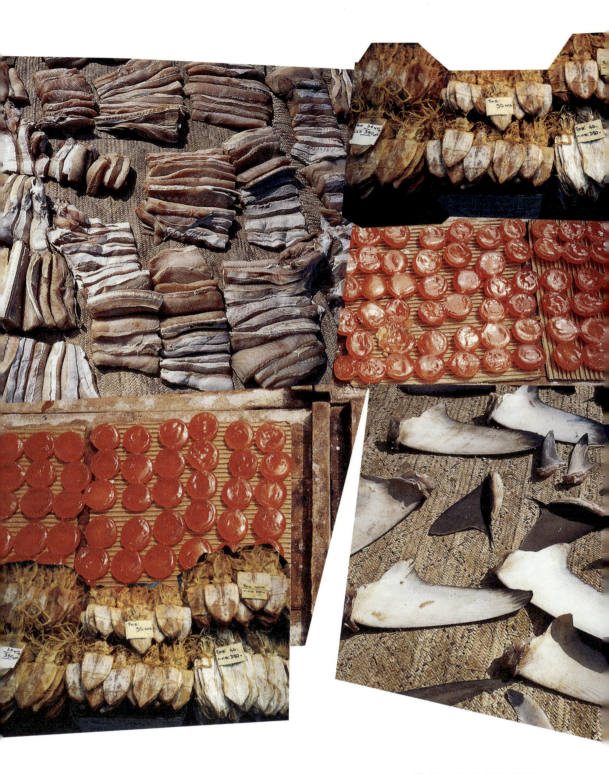

澳门，二〇〇二年夏
Macau, Summer 2002

旧居 house of rememberance

雨后，一街湿漉漉。典型南国的早晨，一会儿艳阳炽张，一会儿倾盆雨下，顾不了那么多，行旅当中其实少有懒散，口里说随遇随缘，其实早有计算，经常起大清早，早餐之前已经把住处附近的街头巷尾走遍，画的画拍的拍，匆匆早餐之后马上急行出发，军令如山，苦了同行的人。

直奔胡志明陵墓，只因在照片中看到那一幢灰灰黑黑的建筑，庄严肃杀好厉害。趁着今早满城还是盖顶乌云，偌大广场遥遥望去，想必更有气氛。昨夜匆匆还未读完那几卷惨烈的越南战争史，还未弄清胡志明作为越共革命领袖的生平时序事迹，只好边走边看，临时收拾。

陵墓算是一个人的新居吧。即使生前有权有势自作主张，遗愿的落实还是在别人手里。胡志明其实希望死后火化，但遗体却被存养在化学药水当中，每年还要长途跋涉从河内运送到莫斯科保养"维修"。生前的他和蔼亲民，与民同甘共苦，死后却"活"在珍贵的大理石殿堂之中，无意去惊动他、瞻仰他的我，却想得知他在天之灵有何感触。

绕过陵墓，竟然在一片茂密园林中让我们发现了一幢传统越南的高脚建筑，清幽简朴，自有一种灵秀之气。匆匆翻查随身旅游指南，原来这才是胡志明从一九五八年到一九六九年在河内的真正居所。旧居一切当然刻意保持旧貌，一桌一椅，卧床台灯都异常简约，与旧主人的清廉磊落完全一致——此时阳光从天顶透进林中，蒸发起氤氲水汽，我隐隐觉得，在这里他最自在。

越南河内市,一九九八年春
Hanoi, Vietnam, Spring 1998

碎片 into pieces

　　非假日，街上别有一种闲。也许是我不熟悉不了解，偏偏看到一种在香港不能发现的骨子里的悠闲，在澳门的空气中弥漫。上下几百年来，渗透到每一幢建筑、每一棵树、每一个人。

　　游人有游人的主观愿望，看的，听的，吃的，其实也是自己对当地环境的一种感觉一种反应。面前的一个安安静静放在文化中心展览厅里的巧夺天工的乾隆御制陶瓷器皿，说不定曾几何时也在香港艺术馆展出过，但此时此刻，在这个叫人又羡又妒的文化中心漂亮的建筑空间里，你会看得格外赏心悦目——这是对维多利亚港旁边那叫人羞愧的文化中心的一种怨恨的反应吧。

　　然后继续走在那些缓缓展开的上坡下坡路上，那边该是从前某某将领的官邸，这边是又一个精致的教堂，就连路边花槽也格外细心地镶上了瓷砖碎片作为壁饰，忍不住蹲下来细看，葡萄牙风格的外墙瓷片与清末民初的瓶瓶罐罐碎片拼合出一组融和的风景，细碎的回忆在这里得以保留存活，叫人暗暗感动。

　　回到市区的横街窄巷，面前忽然出现早有所闻的停业已久的清平戏院的一堵侧墙。岁月留痕，墙上的颜色是无数往事的总和：这也是整个澳门几百年历史回忆中的某一块碎片吧。

澳门,二〇〇三年春
Macau, Spring 2003

淡季 a quiet season

　　从佛罗里达迪士尼乐园跳上灰狗巴士，前后也不晓得兜兜转转了多少城镇，黑人司机终于以他极浓重的南方口音，以其专业的兴奋声音刺激昏昏欲睡的一众乘客：还有五分钟就进入迈阿密！

　　企图从座位里把睡也不是坐也不是的颓废不堪的自己重新整理组织，希望以稍佳状态看看这个百闻不如一见的度假胜地罪恶黑点第一眼。巴士总站就在闹市当中，又背又提超重行李的我也立刻发现自己身处一大堆上年纪的公公婆婆当中——虽然他们穿的还是大花大朵 T 恤衫和鲜艳吊带连衣裙——迈阿密终年的温暖气候，最适合退休老人度晚年，大抵迈阿密除了以绵延数里的沙滩以及散落其中的经典装饰艺术（Art Deco）风格粉红、粉绿、粉黄的建筑驰名，老人院的规模与设施也应该是世界一流。

　　虽然是盛夏，但蚊型小旅馆的老板告诉我，我来得并不"当令"，因为迈阿密的旅游旺季是在冬天——当美国其他地方都是严寒隆冬，迈阿密照样温暖明媚，一众年轻的、一家大小的跑来度的是圣诞假，夏天的迈阿密滩头倒是冷冷清清，连卖热狗的、汽水的也跑掉了，我只好照例在沙滩上到此一游作状躺躺，无所谓兴致，连泳裤也懒得换……

迈阿密海滩，一九八六年夏
Miami Beach, Summer 1986

谈天 sky talk

一路北上，车厢里最宜躲懒，反正大路一条，就由驾车的去劳心劳力吧，偶尔做一下被动的乘客，好应该。

然而当车厢内收音机的众多频道都听厌了，三两盒带也翻来覆去拉扯纠缠作一团，剩下的几乎只有耳边的风驰电掣，然后良久良久，身旁在专心一意驾车的他突然开腔：记得某年某月某日，我们在某处——

当然记得，这个故事应该由我来继续，许多许多年以前天真烂漫，两个自以为都不用怎样辛苦应付学校功课的小子，每天各自放学后都相约游荡，共住一幢大厦，自然首先探讨实验的是自家领土，随便登堂入室，一起翻箱倒柜竟然把双方家里人的什么证件、收藏、财物都一一翻开来细看，手法纯熟如同特工，且边看边有说有笑，然后将大小物件放回原处，天衣无缝。如此一来，连对方家里人都"认识"透彻，我们怎能不成莫逆之交。

然后某一天他突然告诉我要到外头念书，才十二三岁的他独自上路连根拔起。告别分手的场面自然老套、实在、经典，分别给对方写了不知什么一大堆，然后竟然都哭了——然后淡出淡入，车从高速公路拐弯进入市内，缓缓抵达今天的目的地。该下车伸舒一下手脚了，他说。我依然在车厢内，伸一个懒腰，转头刚巧看到古老建筑头顶的一片天，刚巧有云跑过。

加拿大渥太华,一九八六年夏
Ottawa, Canada, Summer 1986

无畏？ in no fear?

跟我来，D 在我跟前突然兴高采烈地说。

也就因为 D 的兴致，我任性地把先前准备的一些旅行路线都丢掉，完全交托——反正路走到某一个阶段，人会懒会有借口，甘心让某某替你安排，你省得动脑乐得游魂，一年几度屡试不爽。

车沿着六线超级公路往西北方向，极高速大抵比血液流在大动脉要快十倍百倍。想不到平日温文尔雅的 D 原来是飞车党，嘴角微微带笑，眼里有那么一点狠，如此飞去，大家心甘情愿。

车入深山，一脸一身都是厉害的绿。难怪冬天时节来访一味抱怨严寒难耐的时候，身边一众总是游说我要在夏天再来，尤其要争取到湖区，得在山水中重新认识这个国度。

再往北上，我们进入了国家公园的范围，从车厢探头外望，心情随景物放肆。沿路有溪流，水声淙淙不断，我心血来潮叫 D 就在路旁停车，不如到处走走——有山便有水，有水该有桥，果然面前出现的是一座吊桥——跟我来，这回兴高采烈的我跟 D 说。

没走两步，D 面有难色。再走两步，D 竟然颓倒在地，面色转白汗如雨下。我畏高，他从牙缝里挣扎吐出这几个字，而且我受不了吊桥的虚晃——我的可怜的 D，有了桥，以为两个人可以从这头到那端，怎知中途竟然人不济事。

加拿大湖区国家公园,一九九三年夏
Lake District National Park, Canada, Summer 1993

猎奇？ hunting for treasure?

身边携来近百卷摄影菲林已经用了七十多卷，才是十天的光景，想不到自己也成了摄影机器，时时刻刻警觉戒备，眼珠骨碌骨碌转得大抵快要掉出来，唯恐错过了面前雄奇壮伟的荒漠峡谷、匪夷所思的泥砖建筑以及随时在眼前流过的鲜艳的衣饰、腼腆好奇的笑容、楼房墙壁的花哨装饰图案、手绘纹样……都是贪心，也就是对自己的记忆没信心，本末倒置不重视现场，再细致一点的经历，却总先提起摄影机留个"真面目"。

其实好一段时间都只敢用广角镜拍大环境，而且拍的都是天空、楼房、静物，鲜有换一个长镜头，不动声色地去拍人——怕什么？是怕镜头的权力和暴力，真的相信会把人家的灵魂给摄去？还是怕"侵犯"了别人之后会有大报复？也真是的，学生时代为交摄影作业，私闯油麻地云来酒楼顶楼员工宿舍，被企堂叔父飨以老拳，是为童年阴影，自此怕怕不拍人。

许多年之后胆子慢慢大起来，换上长镜头东拍西拍。这个午后驱车前往有"沙漠中的曼哈顿"之称的希巴姆城，十层高泥砖建筑鳞次栉比，是联合国教科文组织世界级保护古迹。风驰电掣的路上猛回头突然叫停，因为远远看见身穿传统黑袍脸披黑纱且戴上散热高草帽的当地阿拉伯部族女子，坐着骡车下田途中——我跳出去慌忙猛按快门，忘记了拍摄阿拉伯女子也是个禁忌……

也门希巴姆城外，一九九八年春
Shibam, Yemen, Spring 1998

空白 the blanks

从吴哥窟回来已经有一段日子了。短短勾留一个多星期拍的近百卷照片早已冲晒好,要剪存档案的也早挑好剪好入档。反反复复地看,这么丰富充实的一个旅程,从声音到画面都肯定完满,为什么忽地又有一种异常空白的感觉?

就是这么奇怪,上路之前看了太多关于吴哥王朝的辉煌历史,九世纪到十五世纪盛世的繁华美丽在到达吴哥窟之前已经在脑海中演过无数次,直至亲临城下看到那些石像那些建筑,那远近呼应的空间布置洞窟回廊,还是目瞪口呆惊叹不已。这也叫人真的不明白一四三一年弃城之后,这曾经夺目耀眼的明珠是怎样在大家的记忆中蒙尘以至消失的。及至吴哥窟后来被法国自然学家在一八六一年重新"发现",一度停止跳动的心脏才逐步复活过来,山中七日世上千年的唏嘘慨叹,也许就是我说的那一种空白的意思。

或许是过分敏感地想到身处的这一个城市的盛衰,我们是否也就在经历这样的一种准备弃守我城的现实?人家有过这样雄伟的地标,还有以领袖肖像雕刻成微笑神像的历史壮举,我们呢?许多许多年后,是机场大堂还是汇丰总行会被考古人员鉴定为古迹?还是这一切现存的都太寒酸太不像话!这叫人自卑的现实不也就是我所感应到的空白吗?

真想不到,这一趟访古之旅又叫我思前想后的。谁说出外旅游就一定赏心悦目快活开怀?我还是自甘作践,宁愿脚步沉重一点,抗拒口不对心的自我感觉良好。

柬埔寨吴哥窟，二〇〇一年春
Ankor Watt, Cambodia, Spring 2001

家事 home affairs

　　人如候鸟，每年都飞他十万八千里，定时定刻到米兰，私事变成公事。

　　除了第一回人地生疏住进四星级旅馆，待了两晚，之后每年都光顾那所一星级小旅店，甚至好几年都刻意住那间顶楼的单人房，沿着屋顶倾斜的天花板开一个小天窗，晨昏是不同深浅颜色。有回吓一跳，一阵冷雨之后还来不及关窗，竟然天昏地暗地下起大雪，雪从窗框缝隙飘进来，瞬间堆积成形，蔚为室内奇景。

　　贪方便，因为这一星级小旅店就在米兰火车总站旁的横街里，三分多钟的路便可看到那座雄奇宏伟的白色大理石车站建筑在晨光中闪亮，在夜灯里继续妖娆。说来也是，从好几年前第一次踏出这座火车站，面前的车站广场是一片泥泞工地，好几年后，站前还是一片混乱，层层围板贴满各式宣传海报，走走坐坐的闲杂人等中有吉卜赛人、有瘾君子，每回背着推着行李的我都得绕路而行，也不知要再绕多少年。

　　听说车站的主体建筑在一九一二年设计，一九三一年正式开幕，历经十九年。今天依然以贪污、官僚和上下台更替率闻名的意大利政坛，还是乐此不疲地率领民众游花园打游击。站在一堆议会竞选海报面前，我问自己，要不要管别人的家事？

米兰,一九九五年春
Milan, Spring 1995

渴睡 a thirst for sleep

累了，就睡了。

看来这是人生最大快事吧，可以肆无忌惮地为自己做决定，随时随地，不顾后果，做爱做的睡个够的，训练胆色直截了当，清楚不过。

小时候看《水浒》，竭尽全力记住梁山泊一百零八条好汉的威武大名，可是记性实在差，来来去去只记得打虎的武松——历历在目的经典场面当然是醉卧景阳冈，大青石上说睡就睡，管他四野有什么蛇虫鼠蚁——跑出的是老虎一只，还是要猛地打起十二分精神，你死我亡埋身肉搏，为的是可以保住性命继续到处睡。

长途旅行，带着上路的依然是渴睡本色。飞机、火车、轮船、巴士上二话不说睡个全程是种福气，时空差错生理时钟调整中当然更渴睡——管他是马赛热闹海港蓝天碧海，凡尔赛宫后花园茂密林中，佛罗伦萨乌菲兹美术馆右侧街角小公园，北京故宫博物院某某大殿朱红墙下……走得累了决定坐下，坐下就自然地睡着，许是从来没有一身贵气，引不来作奸犯科的小人。

自己爱睡当然就留意处处睡的人，沿途也就拍下一堆爱睡的照片，当下大树好遮阴，纽约热闹街头也可以是私家睡房，而且睡相不羁，我有我梦，管你。

纽约，一九九〇年春
New York, Spring 1990

经过 passerby

　　如果相信所谓"情意结",说不清什么情,弄不懂什么意,我竟然与伦敦缠结在一起。

　　我只是经过,有天我对在皇家艺术学院混了一段日子的 L 说,没有你实实在在的伦敦生活经验,我顶多是每年、隔年因为要到欧洲的另一座城市,总得顺路经过伦敦留它三五七天。也许隐约有一条线牵引的,是许多许多年前的第一次远行,第一站就是伦敦,第一口外面的世界的新鲜空气,就是在伦敦街头狠狠地呼吸——自此每回到伦敦,不自觉地都企图重拾第一次的兴奋和冲动:刻意转弯抹角徒步走很多路,希望在那些新旧建筑夹杂的街巷里,看出自己的新故事;还格外努力地钻画廊博物馆(L 说他看得腻了早已转看街上的永远漂亮的人),企图东鳞西爪地掌握一点什么,然后找一个午夜于凛冽寒风中在街角跟一群夜鬼"徒手"吃致命的炸鱼薯条,还不住地撒盐和醋……

　　我站在巴比肯中心旁伦敦博物馆里,这个城市的缘起,毁之和重建都历历在目,经过史前史,经过罗马时代、中世纪、都铎王朝、斯图亚特王朝到乔治时代、帝国时代——帝王将相才子佳人还有实在的平民,众人的故事成就了历史,然后到今天——博物馆外头刚好在修路,人行道崩裂有如漂浮大陆板块,我相信,这也是展品之一。

伦敦街头，一九九七年夏
London, Summer 1997

湖光 reflections in the lake

清晨五时，我们租用的计程车已经从古都蒲甘出发。熹微晨光中，方圆数里内上千个散落矗立的大小佛塔，向过路的以各式形态勾勒出千百年来的兴衰哀乐，绕过只准马车通行的古道，车一加速，直往东南掸邦的高地方向。

一路飞驰，小小车厢里"高人"如我不知和车顶碰撞多少次。车窗敞开，烫热的风与漫天沙尘在车内翻滚，高速与酷热当中人渐趋无知觉，更顾不了连人带车原来在崎岖险峻的狭窄山路上做亡命表演……

然后一看腕表原来已经是正午。路边驿站匆匆吃了一点什么，大汗淋漓再上路——有些时候也不禁问自己，为什么只因为书中的某一张图片某一段文字，或者某个过路旅客的一番形容，就兴致勃勃地决定上路，千山万水不辞劳苦，为什么？也许答案很简单，人，生来就应该走动。

车在下坡，车速顺畅放缓：四周的空气也明显地清凉洁净起来。石坡上往下望，一片平坦的绿，延伸到尽处有一片银光——我们今天九小时车程的目的地：海拔九百米石灰岩高地上的溶蚀湖，茵莱湖。

驶近湖滨，见水豁然开朗，果然不枉一路颠簸。午后的湖边水道，一大群孩童在笑闹畅泳，村妇在濯衣洗菜，修长的机动木艇在湖面滑过，艇上满满各式货物，艇家向远方来客微笑挥手——湖光当中，活得很好。

缅甸茵莱湖，一九九八年春
Inle Lake, Myarmar, Spring 1998

路路通 thoroughfare

平生与驾车无缘，只有坐车的份儿，理论上知道天涯浪荡，至少要有一技傍身，要会自己开车。也曾几何时一鼓作气考了笔试、学了车，却一改再改路试日期，借口一是那段时间公事太忙、太紧张、太分神；借口二是香港路面情况太糟糕，人车争路，怕事者如我不知忍让到何时；借口三其实最致命，我是那种巴不得世上只有一个开关的那种机械白痴（更不要说科技二字），按下去万事大吉，又怎可能舞弄复杂如驾车这种事？

因此我努力鼓励身边一众学车买车，也极懂得坐享其成，更向大家保证我是最有方向感的一位乘客，你开车我看地图，宇宙间总需要能力各异的人相互关怀合作。

这一回合在也门，两星期翻山涉水的旅程更全然只有坐车的份儿。向导兼司机穆罕默德大方向明确，总路线清晰，与他的本田越野四驱车人车合一，无论是接连五六个小时的沙漠颠簸，还是坦然无阻的沿岸干线，他都是气定神闲，不时讲解沿途山川风貌民间传奇，即使我们在热气中昏昏睡去，他还是责无旁贷地向前看向前进——

车正往沿岸的亚丁城驶去，途中稍停驿站，松松筋骨，买点吃喝，好奇的小孩簇拥前来打探客从何处来，当中有一人更骄傲地向我显示他的精心杰作，DIY 跑车一辆，简陋的材料、粗糙的手工却有最细致的结构，一人有一梦，愿他日后路路畅通。

也门穆卡拉往亚丁途中,一九九八年夏
Makulla to Aden, Yemen, Summer 1998

看海 sea watching

从小生活在海岛一隅，顺理成章想当然，海是生活的一部分：码头、渡轮、日出日落浮浮沉沉，脚不踏实地原来最习惯最真实。更何况在渡轮上听长辈说上几代的事：漂洋过海到南洋，艰苦创业然后衣锦还乡，偏逢内战岁月，长途漂泊东渡日本，经商数载又回国再重新拼搏，时移世易改朝换代又再仓皇携着家眷细软登船南下来港……祖辈的经历并非人间传奇，但竟然都离不开海："漂泊"两个字在他们的字典里翻来覆去都会出现的吧？

难道血里竟都流着咸咸海水？尤其是长途在内陆旅行时分，心底里最渴望的竟然是看到海，纵使巴塞罗那城内城外有一千个有趣景点，能够让我好好地在码头岸边吹吹来自地中海的风，让面前的一片蓝天碧海涤荡心神，已经不枉此行——更何况堤岸边更有藏品丰富、策划精彩的海事历史博物馆。

哥伦布当年纵横四海的光彩和不光彩的历史，几个海上强权你争我夺开发新大陆的种种纷争，大量异常珍贵的航海图、地图，沿岸和内地山川风物写生记录，留存和出土的船舶支架和复修模型，船上各式日用，还有雕刻精致的船舷船桅艺术……海上心情实难言喻，只能对自己说：从海里来，到海里去。

西班牙巴塞罗那,一九九二年春
Barcelona, Spain, Spring 1992

第一吻 first kiss

一年一度，美其名曰公干，实在是公私不分。米兰街头肆意行走，在沸沸腾腾的家具展场内外把要坐的沙发单椅都一一坐过，可以躺可以睡的高床面前软软把自己掉进去——坐得厌了睡得累了，漫无目的向城市的另一条街彳亍而去。

手头地图早已翻得烂作一团，可有可无。面前忽然出现颇有气势格局、静谧严肃的一组哥特式、巴洛克风格的建筑物，中门大开，偶尔有三两人悄悄拾级而上，手里分别都提着花，不用猜想，这里是一众米兰市民的终点站。

反正游荡，不妨走进人家的历史。米兰市的纪念公墓由马恰基尼设计，一九六六年落成启用，富裕的贵族市民生前奢华，死后当然更要风光，我从一组家庭墓园的独立玻璃外墙透过缝隙往内望，里头大碑小碑从上个世纪的先辈到繁衍不休的后代枝叶，先后数了二十八个名字，生前的恩义在死后继续纠缠——墓地当然更是露天雕塑展览场，天使折翼，或面带忧戚或坦然安睡，生死都是艺术。

我突然想知道这些死者生前坐的是什么椅，睡的是什么床。也许大家生前都太忙，无暇理会生活小事。回头忽然看到一对青铜恋人深深互吻，不是死别，许是第一吻。

米兰纪念公墓，一九九四年春
Cimitero Monumentale, Milan, Spring 1994

偕老 the marriage

执子之手，与子偕老。

简单的两句不简单，无论在什么时候什么场合让我碰上这两句，都会心头一暖，那根久久懒动的心的弦线猛地弹跳一下。这些自古承传的美好愿望，如今可有人有能力有勇气信守？

逛博物馆，忽然有古老大木床，鲜红龙凤绣被连枕在眼前，喜庆迫人来。一对新人隆重穿戴，女的一身黑裙红裙，绣满金线纹样，龙飞凤舞；男的长衫马褂，光鲜得体，胸前十字双带挂红。图文并茂立体解说，细细道来是澳门及华南沿岸的嫁娶习俗：纳吉，纳征，请期，过大礼，上大字……

毕竟是展览，一对新人羞于露面，所以谁娶谁谁嫁谁，还是"无头"公案。但难得的是你手执我手，虽然看得出是木头雕刻的货色，但也算手工仔细，手一执一握就是永远，面对来宾，不得有误。

即使对"结婚"这个习俗与实践以及由此引发的种种问题，有种种怀疑质问，也公然以不婚同居表达自己的看法，但仍旧暗暗相信有人能"成功"地结婚满意地生活，与子偕老的也大有人在。当我探头细看那些恐怕快要失传的精工刺绣，身边的她早已跑到另一头去看婚纱。对不起，这一袭典雅高贵的雪纺婚纱，可会勾起她的丝丝遗憾？

澳门,二〇〇三年春
Macau, Spring 2003

交通 transportation

沿着查令十字路口往南走，一路的新旧书店还是安安静静。早上九时整，一众爱书的人还在睡。走过混乱的福伊尔（Foyle）书店、利落的水石（Waterstones）书店、专售艺术种类的茨威玛（Zwemmer）书店和女性主义大本营银月（Silver Moon）书店，还有一排旧书宝库，来到列斯特广场地铁站，不往右拐进中国城喝早茶，左转向科芬园那头走去。

每回到伦敦，可能的话都靠双脚走路，告诉自己说是街头巷尾多看一点。其实蠢，因为地铁本身也是一个交通博物馆：长长古老扶手电梯把你引进阴森地底，转头又乘最科技的升降机直抵地面商场。售票大堂千式百款，有维多利亚女王时代的浮华，有装饰艺术（Art Deco）风格的流丽，当然也有科幻未来。隧道内一路的地铁地图海报，直承世纪初传统，找来艺术家和设计师自由发挥，刻意把艺术结合日常归还群众。当然不能不提伦敦交通的经典红蓝标志，从二十世纪二十年代沿用至今，通行无阻。

平常拥挤热闹的科芬园还未开场，站在伦敦交通博物馆大门前，我将是今天第一个进场者——在一大群穿着整齐讲究校服的贵族小学生当中，我登上一辆又一辆退役巴士、电车，在图文并茂的展品面前读着生动的城市交通史，不料小小录像荧幕播的却是五十年代有轨电车全面引退的记录，火光熊熊中车厢毁灭解体，突然感触到千里之外的依然行走的电车是否也会有此回归的一天，一脸竟然是可笑的泪。

伦敦科芬园，一九九七年春
Covent Garden, London, Spring 1997

战衣 army clothing

曾几何时，出门携带的衣物足够开一个二手衣物摊！

大抵那还是一个紧张自己外观卖相的年代，出发之前早已快速搜索，尽量估计旅途上不同的活动场合，再预测人来人往不同的堆砌组合，蓄意执着穿的是黑还是白，是短袖还是长袖，鞋是什么料子袜是什么颜色……结果千挑万选还是把千万种全都挑选上，塞进行李箱，实行巡回表演——结果还是懒得表演，过半的衣服只是跟着上路绕着地球转，从来没有出场的机会，到最后回到家里，还得放进洗衣机里面清洗一下舟车劳顿的辛劳。

事到如今终于开窍，年纪老大无需自损肩臂筋骨，也开始明白即使你旅途上穿的是同套衣服，每天跑到不同时空等于是以全新面目示人——从此上路有如穿制服，夏天都是白色上衣：T恤，Polo恤，长袖薄恤衫皆可，以便出汗以抗烈日，且有即洗即干的好处（最快速莫如在也门大漠高温干燥地带，洗涤后三分钟自然干透）。下身是卡其短裤另配军绿长裤，随时出动"战斗格"。至于冬天，更简单，实行里里外外一身黑，不是好酷的原因，更有懒洗的方便！

它对我好我对它也好，既然贴身跟我上路，一进旅馆首要大事就是先把它清洗清洗，好好休息，转头干干净净再上路。

也门萨尔勇城,一九九八年夏
Sayun, Yemen, Summer 1998

树妖 tree monster

酒店住房窗外有棵树，第一眼，我认定它是树妖。

后来就喜欢看树画树。还要给树拍照。这大抵是缘起自少年时代，每个星期天一定跟着父母逃出城市往郊外跑——香港境内没有大山大水，可是勉强有点灵秀的郊野风景还是有的，尤其在二十年前。而且每个星期天总会碰上一堆志同道合者，有计划有组织翻山涉水。我和弟弟也就是旅行队中年纪最小的，可是并没有什么特殊照顾，还是得日晒雨淋，登上了一座峰抬头还有一座峰——还有漂亮的树。

父亲画画，所以我也仿着他在身旁带一本写生画册，休息的时候坐下来喝杯热茶，然后画画画，画的都是树，一笔一画一枝一叶，虽然到后来还是叫不出这是什么树那是什么种，也总算了解到不同的树有不同的生长形态、不同的内部结构和枝叶关系，世界上没有相同的两棵树，各自生死，人其实也是这样。

后来发展到一个星期有三天的清晨跟父母跑到水塘晨练，他们在林中散步的时候我就继续画树。本子满满的，同学都叫我"树精"，可是"树精"后来也懒了，借口是在外旅行没有太多时间可以留驻一个地点完整地画好一棵树，只好拿出相机匆匆地拍，拍树干的古老纹样，拍浮在空中的气根，拍从枝叶洒落的光影……也特别留意长相奇特的怪树——面前的树粗壮硕大，有一群特大乌鸦正"呱呱"地叫着从树后旋出来，老树成妖，我愿跑到树下听精彩故事。

东京上野公园，一九九五年春
Tokyo Ueno Park, Spring 1995

垃圾 trash

早晨醒来睁眼伸腰，身边的父亲已不知去向。

看看他行李包裹中的画具，早已随人出发，方才安下心来——他倒比我勤奋十倍，早就跑到几条大街交会处的小公园里，在凛冽寒风中给那些经典地标老牌建筑写生造像。我懒，顶多捧起相机只那么一按，简便一百倍的画面自然没有他眼到手到心到收获那么多。

父子俩无聊地沿着百老汇往下城走。圣诞前夕的纽约，这里那里穿红挂绿，更撒遍金粉贴满银箔，只等那应节的鹅毛大雪做最后装点——然而地变天变气候反常，贺卡里的老好日子不一定年年回来。乱打乱撞闯进一家专售纸制礼品的店，世界各地各式手造纸、包装纸以高姿态陈列，不菲的价格面前我们只得吐吐舌头，转到一角去喝店里免费提供的热苹果汁，还不断往小纸杯里撒满厚厚的玉桂粉。

拎着纸杯再走进严寒里，过了阿斯特广场转入东村，喝光了苹果汁一心客串做个好市民，好不容易在一列阶梯找到一列垃圾桶——如果要翻开美国文化ABC，金牌经典《芝麻街》是必修课，当然你要认识的除了安尼和毕特，还有住在垃圾桶里的奥斯卡，他老人家今天有事外出，留下故居枉我敲门，我答允他圣诞节后再来走一趟，说不定可以顺道捧回已成垃圾的高贵纸张。

纽约曼哈顿下东城第五街,一九九四年冬
5th St. Lower East Side, Manhattan, NYC, Winter 1994

也是日剧 Japanese soaps

人在京都，自然放慢了节拍，一向心浮气躁的我，竟也淡定安静下来。

早晨起来，M正要翻旅游指南看看该乘什么电车或公共汽车到哪里去，我倒提议就把重任交予双脚，听它们走随它们去，古都巷里当中散步道多的是，放松一点边走边看。

走进售卖京都名物五色豆的"豆政"，和纸专卖店"纸司柿本"，陈列着不知可否吃的漂亮烧饼的"鸣海饼本店"，转头又有不知是什么食肆的"拾得"和"麸嘉"，反正有字认字，真实又虚幻，经过了"泽井酱油本店"，面前是京都御苑。

平安时代的历史枝节还是弄不清楚，对朝廷内里皇族官宦的钩心斗角倾轧杀戮也不太感兴趣，紫式部的《源氏物语》书成于哪个时代，早就忘了，有谁可以告诉我——不知者无罪，最不负责的莫过于悄悄散步经过的游人如我。

经过那些平实稳重的深棕色典型日式木头宫殿、刷得比白还要白的外墙、一尘不染的走廊，外望庭园是以北宗山水画为基本精神的"枯山水"，白砂之上用平行线条扫出清晰纹路，有涟漪、有波浪、有旋涡、有洄纹……看得闷得生厌是我功力未逮，可怜那几个皇族木偶穿一身传统服装，要在这里站上千百年，每日迎送匆匆旅客。跟她们打个照面，我在想，作为会行会走的人，早该感激！

京都御苑，一九九三年春
Imperial Palace, Kyoto, Spring 1993

房间 the room

旅行是对自己的一种训练,这样的说法应该没错。可是也同时把它当成是对跟自己一同上路的人的训练,那就未免有点过分。

可是兴头一到,什么关心同情照顾都抛在脑后。自己早上六点钟就从床上爬起来,也就只能接受身边睡的人再睡它十五分钟,起床晚了就像耽误了什么大计;自己可以勉强在城里上下徒步五六个小时,身旁的人总不能走得太慢掉在半条街之后——所以每回上路都严肃警告同行的那一位:军训开始了。

这天上午还是绝早出发,从下东城寄住的小房子先往华尔街方向走去,还好奇地跑到股票市场里参观,在那一大堆跳上跳下的数字和银码中不明所以却又很高兴。然后再拐一圈经过世贸中心双子大厦再沿百老汇往上城走,走着走着又来到了日夜落脚点圣马可广场,那里有我钟爱的书店、漫画店、街头盗版二手书和一群永远游荡的古怪国际人。刚从漫画店绕了一圈走出来,人行道上不晓得为什么有一堆完好的家具,草绿色,有梳妆大镜,有台有椅,款式有一点点古典,奇怪的是周围没有搬运工人,家具就像从地上长出来的。试图见怪不怪继续走,走走走,三个小时之后天黑看完了A跟B跟C,不小心回头经过,吓一跳,一堆家具还在,这样少许贵重的东西鲜有可以在纽约的街头出现这么久,我是否不小心闯进第几度空间?这是谁的房间?

纽约，一九九〇年春
NYC, Spring 1990

苦乐 bittersweet

  租来的小轿车在崎岖山路上高速飞驰，我想司机本人是一心豁出去了——可是他似乎没有稍稍民主地询问车内付钱给他的乘客是否愿意跟他一道亡命天涯——也许认命，也许是车厢内昏热过度根本没什么知觉，只知道山路越来越窄，越来越陡，拐弯特多，路旁的民居也越发简陋，往往只是几帘竹排，勉强凑成一个结构半开不敞的给路过的把"室内"看得清清楚楚。室内其实也的确没有什么，连瓶瓶罐罐也破破烂烂，室外的嶙峋大石上摊放着磨洗得花白的棉质"龙衣"，缅甸男女的长管状的裹身体的布料，在烈日底下曝晒。偶尔会看见山民在屋后用极原始的工具在砍削粗壮树干，又或者切割庞然巨石，所作何用不得而知。山民都是少数民族，长久以来在极恶劣的山区环境里挣扎生存，早就练就坚韧强悍的性格，面对种种我们不可理解的困苦，却一直走着活着，叫路过的不得不沉思反省。

  车又拐了个险弯，却戛然停了下来。司机开启车门，独自往路旁前方不远处一座出奇整洁的小建筑走去。好奇的我趋前一看，原来是林间小庙，供奉着保佑行旅平安的满天神祇。正当司机虔诚膜拜之际，我留意身后有一对山民小姐弟，定睛怔望这几个不速之客：四目交投相互好奇，没有电光石火的碰撞，却是各自苦乐生活中的细碎回忆……

缅甸，往茵莱湖途中，一九九八年春
Myanmar, Spring 1998

未完成 unfinished

地球由它自转，我由我乱飞，从纽约逆向飞往巴塞罗那，从新大陆飞返旧世界。所到机场竟然是个"垃圾房"——原来机场地面清洁工人罢工已经一个星期，散漫放肆与执着坚持同时用得上。

虽然如此，心情照样兴奋，因为来这里的目的只有一个，矢志把巴塞罗那市内的安东尼·高迪设计的建筑都一一走遍：文森公寓、居里公园、巴特罗公寓、米拉公寓……当然最重要的还是要到几乎已成市徽的圣家族大教堂。甫从地铁站钻出来，远远目睹奇丽雄伟，步步走近有如朝圣。

说它是教堂，实在也一反传统教堂的庄严正经，以高迪一贯的大胆极端、奇特放任，为虔诚的宗教世界开启了另一扇想象大门——我们首先被礼拜堂四壁的石雕几何形体和有机造型吸引，再一鼓作气沿着窄长通道往教堂塔顶攀上，一路心跳加速大汗淋漓，圣体当中极目远望更觉高潮迭起，建筑予人的感官愉悦实在难忘。

从塔顶下来在中庭驻足四望，携来的专书仔细述说高迪兴建教堂的经过：一八八三年正式动工，尽其余生历时四十三年，他都一直亲自在工地中指导和参与建设，至终未能完成。但对后世来说，这个未完成的缺陷也就更美更有生气，一砖一石似乎都在说：他还在。

巴塞罗那圣家族大教堂，一九九〇年春
Sagrada Família, Barcelona, Spring 1990

计算 calculation

计算，跟计较不一样。

事事计较，面面俱圆，到最后落得一个没棱没角、谨小慎微的模样，照镜，也认不出这原来是自己。不计较，所以敢毅然做决定，即使未必成熟，但胜在肯冒险，烂命一条，就这样脱轨出去。比方说就用身边有限的钱，八十日环游地球一遍，世界这么大这么美和丑，行走在当中活在当下，怎么计算，都有得赚。

计算也可看作一种设计，对自身的设计，仔细的有条理时序的，把资源把环境把情况平衡一下整理一下，安排好，本身就有一种计算的美。

这种自然的纪律，最能在北欧的日常生活景观中体现出来。

一个两个三个干净利落的玻璃杯，大中小三种尺寸，什么时候什么心情什么感觉，用哪一个喝水哪一个喝酒哪一个喝牛奶，不随便，都计算好了。然后一个阿米巴状的花瓶，最放肆最自由的一种舒展，叫花花草草都失了色，多少人就只在案前放一个透明的微绿的或者是亮蓝的版本，顶多注点水，水平高低是讲究的，不多不少，都计算好，心中有数。

再来是由无数弧片组成间隙层叠的一盏天花吊灯，又或是用压绒剪裁成的一双鲜红拖鞋，其结构其形体，都不是鲁莽挥就而成的。种种复杂原因，我会倾向归于气候和地理。

地处北陲，天寒地冻的日子多，众多山脉湖泊，人口都分居散落。生活在此，也只能格外地冷静、孤独和准确。精于计算，也就是一种生存的本事吧！

芬兰赫尔辛基，二〇〇二年夏
Helsinki, Finland, Summer 2002

偶像之眼 idol's eye

外头是漫天飘雪，室内却热得一塌糊涂。

一年一度漫画界顶级盛事国际漫画大展，从世界各地专程来凑热闹的，加上来自法国各省市的一家大小，把西部山城昂古莱姆挤得满满的——漫画大展的前前后后，全城大街小巷都有节日气氛，商店、戏院、书店、餐厅都以漫画场景打扮，随时有漫画人物出现，加上城内设有国家动画科技中心以及漫画博物馆，更是一众同好的朝圣地。外头零下的气温不打紧，展场内开幕仪式上我把分别混着红酒白酒的香槟喝了一杯又一杯，自顾自醉倒迷失在漫画世界中，自制高潮。

展场当然不止一个，从大型的漫画售卖摊位，国际版权的洽谈地，以至规模各有大小的漫画原作展，三天三夜走来走去好兴奋。这一回合碰上的是北美另类漫画家的联展，老手新秀都从地下冒出来，连人带画在一家老剧院里现身。甫一进场，面前一只独眼好骇人，当然是我钟情已久的偶像查尔斯·伯恩斯（Charles Burns）的招牌异色作品，隔着玻璃泛着冷光更觉心寒。怎知一回头，查尔斯·伯恩斯真人竟然站在后面，一贯地酷酷微笑。自以为见惯场面的我顿时慌张起来，变身小画迷央着他签名合影，身上没有他的书竟把自己的书送他……偶像在此，请勿见笑。

法国昂古莱姆，一九九五年春
Angloulême, France, Spring 1995

龙虾偶像 the lobster

我来，是为了龙虾！

龙虾好吃不好吃？我不知道。反正看看餐牌，太贵，吃不起。对不起，只好用最便宜的方法，坐到老远海岸堤旁躺着看着它：张牙舞爪、腾空而起，看看也都叫人满心高兴。

龙虾是他，他当然日夜变身也不只是龙虾。我的头号偶像贾维尔·马里斯卡尔（Javier Mariscal），西班牙首席平面设计师、室内设计师、建筑师、插图画家、雕塑家、漫画家……你会问，究竟他睡不睡觉？

早在马里斯卡尔大红大紫之前，已经到处追踪他的习作——习作也常常是恶作剧！一九五〇年出生的他念的是哲学、文学和设计，却以漫画家身份出现，自创变种米老鼠 Piker，又杀入八十年代后现代设计大本营孟菲斯（Mcmphis），以漫画式家具为巴塞罗那的酒吧夜店做装饰，之后创作力旺盛意念泉涌：杯碟、茶壶、厨具、窗帘、家具布，上街有他设计的大幅海报，电视里有他策划的广告，他的事业的一大巅峰当然是一九九二年奥运会吉祥物小狗 Cobi 以及跟随的众多主题产品，从此家喻户晓，风光至极。

懂得胡闹是种福分，傻头傻脑的龙虾在市内哥特区（Barrio Gotico）海边甘布赖纳斯（Gambrinus）餐厅屋顶耀武扬威，他来，是要告诉世人：不要忘记笑！

巴塞罗那，一九九〇年春
Barcelona, Spring 1990

留念 memory

看来快要下雨了，我们还要不要继续走下去？

他没有回答，一贯满不在乎地眯着眼笑了笑。其实我早该知道，一把相机拿在手里，他总是沿路边走边按，一发不可收拾。

绕过梨木神社越过庐山寺，不知怎的我们来到京都御苑的其中一个入口。面前一片绿，当中还有自行提早放肆的樱花，绽开如雪。笔直散步道的尽头有楼房亭院，也许就是深宫所在。虽然天色有点扫兴，可是身边闲游的人却是不绝于途。

一阵风嘻哈跑过的是一群穿着校服的初中生，场面有如真人版动画，他还来不及调好镜头拍照人都跑掉了。随后踏着碎步缓缓走来的是一群退休老先生老太太，穿着光鲜讲究，一路交头接耳，走到樱树面前更驻足良久，来来来，当中一个说，让我们拍照留念。

然后一字排开，提起相机轻轻一按——他也一个箭步上前轻轻一按，在某个角落的我也一按——原来行旅当中已经鲜有在风景中找个位置为自己的到此一游留念，倒是热衷起拍下别人的人事回忆。倒不是自封摄影家要捕捉什么时代洪流光影变幻，只是你拍他我拍你，提起相机像呼吸一样记录日常，日后在自家缺席的照片中来回游荡，然后记起，某天我站在某处。

日本京都御苑，一九八六年春
Royal Palace, Kyoto, Spring 1986

偷笑 distant smile

沿着伊洛瓦底江北上,九个小时的航程接近尾声,船将靠岸,遥遥已看见蒲甘古城。果然一如所有导游指南彩页都不忘推荐的胜景,全城方圆数里之内上千座佛塔庙宇,落在河岸的更以第一时间向过客显耀其辉煌的过往……

提着行李踏上沙岸,身边立即簇拥着一众导游和马车夫,一时心慌意乱的我只得凭直觉,跳上挑好的马车,马蹄"嗒嗒"便登上古道。

马车后座一直摇晃,来不及四看已经坠入黄昏,日间的腥热四散后空气格外清凉。蒲甘古城早已是世界级文物保护区,原来的人口早已迁到邻近新发展的乡镇,所以一天黑就更觉灯光稀疏、四野荒寂,一切留待明天。

天亮后果然整个古城迅速进入炎热状态。才十时多,毒太阳底下已经汗流浃背。马车夫也同时是导游,以他仅有的英文单词向我们解释路上所见,也引领我们逐一拜访古迹古庙——其实在缅甸的十多天以来早已习惯了进庙脱鞋赤脚入内的习俗,佛门清净,把外头花花世界的肮脏来一个拦截,尊重保护当地文化,当然可以理解。只是庙里很多露天的通道,大理石早已曝晒得烫热,我们走在通道上就有如热锅上的蚂蚁不住地弹跳,佛祖在上,不知是否窃窃偷笑。

缅甸蒲甘古城,一九九八年春
Bagan, Myanmar, Spring 1998

身边 by the side

　　心不在焉，我们把车驶进马德里喧嚣的市中心，马上迷路。

　　也许是我们根本只是路过：一心只想着什么时候离开马德里再往南向塞维亚——那边热热闹闹有即将开幕的世界博览会，好新好奇的我们妄自将首都马德里安放在一个后排次要的位置——既然你不理她，她当然也可以不理你。

　　好不容易才找到我们想投宿一夜的家庭式旅馆所在，安顿好趁日落前赶忙上街贪婪一瞥。傍晚的西班牙都市总是格外拥挤，习惯性地午睡之后简直又是新的一天。分明是旅客的我总有坏习惯总不太爱看地图，跟自己胡扯说是随心，其实是随人流走动。如此这般，自然来到闹市通衢大道阿尔卡拉。

　　东西南北原来在某个时候都不相干，没有方向原来最享受。站在原地耳闻目睹尽是新的声音、新的面目——然后抬头一看，大街交会处矗立着世纪初落成的大都会大楼，金框黑漆招牌写着Metropolis大字，往上圆拱屋顶尖端处更好好地有她在——迎风舒开两臂耸动双翼，暮色中微笑俯视城中众生。抬头有天使，天使其实也一直在身边，叫不出她或者他的名字，在柏林在巴黎在威尼斯的不同形体色相原来都是同一人，她来他来，是要给你守护。

马德里大都会大楼,一九九二年春
Metropolis, Madrid, Spring 1992

地狱 hell

无论短途转一个身还是长途上路,如果只容许我身边有唯一一本书,我想,这一定是意大利作家伊塔洛·卡尔维诺的《看不见的城市》,容许我轻微犯规把英译本跟中译本都带着,有生之年不晓得会不会读得通意大利原文,也许终生遗憾。

关于马可·波罗,关于忽必烈大汗,关于他们现实中想象中的无数历险无数征战行旅,卡尔维诺在书的一开头便指出,我们虚有认识世界的企图,我们勉强支撑征服知识的野心,我们身处的看来是充满奇迹的帝国,"以及我们自己"其实是无尽的不成形的废墟,腐败的坏疽已经蔓延太广……坏得无可再坏之际,我们只好在回忆中旅行——其实想得清楚彻底一点,旅行途中免不了走马观花,甚至不知道花的名字,真正的旅行竟都是日后一次又一次重复回味,忘记了舟车劳顿,忘记了钱包被小偷摸去,只选择了风和日丽人间胜境,给自己的记忆寄一张精美的昂贵明信片。

三访威尼斯,我知道这里的楼房水道从此百看不厌。走进那些陌生的巷里,闯入无人后院,那一尊尊兽头人身大理石像一脸坦然,久经世面也懒理面前什么人等——如果真有一个地狱,卡尔维诺说,它已经在这儿存在了,那是我们每天生活其间的地狱,是我们聚在一起而形成的地狱,接受地狱,在这个空间里继续存活,也许会得到快乐。

威尼斯，一九九六年春
Venice, Spring 1996

迷城 invisible city

我来，是要迷路。

如果你告诉我，你到了威尼斯，很清楚地懂得从圣马可广场转入科瑞尔博物馆，很清楚地知道叹息桥在哪儿，铸币厂在哪儿，然后在圣马可区懂得从一度是最豪华赌场的丹多罗宫走到有最前卫现代艺术的吉乌斯提尼阿诺宫——我并不羡慕你那么方向清晰有条有理，我知道，在这个转弯抹角都仿佛是历史的神奇城市，迷路是最大的乐趣最好的收获。

上一回到威尼斯也是第一回，单日行程紧迫得来不及迷路，临走时在圣马可广场拥挤的岸边，习习凉风中告诉自己和身边同伴一定要再来。这回单身上路，米兰公事匆匆办妥，竟然腾得出整整四天，完全待在威尼斯，好奢侈！

入住火车站旁某条小巷里的小旅店，夜里众巷一式一样不一定找得出回去的路。放肆的我不带地图竟只带一本《威尼斯读本》——数十个文坛巨匠到此或一游或长住，跟这个讨人喜爱的传奇城市做文字游戏，然后选辑成书——他们的足印也不一定要沿路相认，每个旅行者都在心中构建属于自己的威尼斯，可以简单直接可以错综复杂，如果你的威尼斯印象和在长洲岛或者南丫岛闲荡没什么分别，也很好！

刻意迷路，正为某古老大宅的壁砖装嵌而着迷，越走越深，面前忽然出现了运河水道，人家的私人码头，每天浮沉是做不完的梦。

威尼斯，一九九四年春
Venice, Spring 1994

有缘 karma

　　前来看您，却从进门到离开都不晓得您是何方神圣、尊姓大名，只知道在这个和外头的昏热暴晒截然不同的清凉世界里，您以一贯的平和慈悲，日夜接待八方来客。他们迢迢前来，在您跟前下跪，虔诚地在心里念着祈祷经文，为自身为家为国，通过这重复回旋的沟通密码，您和您的信徒在太虚某处欣然相会。您在尊崇祝祷中被奉为神灵，您微笑，众生喜乐。

　　这个寺看您，另一个庙看的也是您，蒲甘古城的上千个佛寺佛塔，您以不同的大小形状色相出现，有的尊贵地以铜打造镀成金身，有的以上好檀木雕刻不住贴满金箔，有的分明是泥，只是一遍又一遍地擦上光鲜颜色——岁月留痕，千百年的古寺外墙早已破落，可是一进门却见您依然光彩，跟每个有缘前来的都施以他们应得的。

　　犹记得家中长辈口传的一个故事：当年战乱，逃难流徙之际路经一山崖古寺，寺在半山腰，登临已是汗流浃背几近虚脱，怎知一进寺发觉面前十几米高的大佛依山岩而建，其威严其气势叫人随即在跟前跪拜……如果有前生一定也有来世，我庆幸今回已经有缘见您。

缅甸蒲甘古城，一九九八年春
Bagan, Myanmar, Spring 1998

多少恨？　song of the exile?

人在荷兰街头，随身行李远在巴黎，"据机场地勤人员可靠消息如是说"，加上依然春寒料峭而且下着恼人的雨，我跟自己说：终于有机会流落异乡。

袋里是航空公司临时发出的象征式赔偿，安抚安抚。平日不怎么乱买衣服的我，因为实在冷，被迫绕过运河钻进热闹的购物大道，想不到在阿姆斯特丹买的第一件毛衣，不为观光纪念，完全是生理所需。

温暖一点，情绪大致平稳一点，双手撑伞冒着下不完的雨照样闲荡去。虽然知道要探访凡·高该从左边去，拜会伦勃朗要从右边去，还是留待两天后行李"应该"回到身边之后，挑个好天气好心情再钻进他们的美术馆，现在应该放肆玩，刻意调校落魄频道。

老实说，在阿姆斯特丹街头认路，本来就有挫折感。虽然都是同一堆罗马字母，但一向惯用英语念白发音甚至思考的我们，怎样去念那一串荷兰文，都知道自己肯定是念错。法文、意大利文甚至西班牙文，还可以借"远古"时代上过的课勉强试着拼音发声，但在这里，简直是哑巴，更不用说经过这里众多的印尼餐馆，一大串印尼文、罗马字母更叫人糊涂。

哑了的我拐个弯，竟然碰上"张曼玉"。他乡遇故知，她穿着一袭长衫给糊在电灯柱上，走近一看，是某个电影院正在放映她主演的《客途秋恨》——凉风有信，秋月无边，可亲，可恨！

阿姆斯特丹，一九九三年春
Amsterdam, Spring 1993

玩具 toys

物以类聚，好些年来身边团团转的交心老友，都是些摆明车马过家门而不入，一天到晚心野在外的人。他们各自在"原居地"独领风骚举足轻重，忽而又会在异地找到他们飘忽的踪影，反正这批人都狠狠地生活，工作玩乐纠缠汹涌——难得碰头，一有机会在空中地面以至海上聚首，都尽情地交换行旅私家秘密和情报心得，串连编写街上买不到的精彩导游。

来自台北的L每到一个陌生地方一定先做三件事：买一份当地报纸，看一场当地电影，然后钻进当地酒吧喝他个半醉；来自美国的D每到一地必然用尽方法"登高"，登上那个城镇公开的或者私人的最高处，一览全景。有人刻意无目的地每天搭乘不同方向的公共巴士，挤迫出自家感觉，漫画痴玩具迷如我每到一地自然嗅得出朝圣地所在，大大小小主流地下漫画店无一遗漏，超级玩具市场以至街头巷尾玩具铺当然还有经典玩具博物馆，少不了我的踪影。

这回到马德里，几番折腾住进不怎么惬意的小旅馆。可是走回大街上只拐了一个弯，面前就有一家颇有规模的专售老玩具的店，我马上跟身边的同伴说，看来我要把行李搬下来，我要住在这里！

马德里，一九九二年春
Madrid, Spring 1992

积木 the blocks

不爱枪，不爱飞机汽车模型，不爱洋娃娃，我知道，从小就知道，我只爱积木。

无论是几厘米见方一小盒只有十多件组件只够搭一幢小农舍的廉价货色，还是足以盖起摩天大楼成百上千件色彩鲜艳组件的超级豪华版，我都在十岁以前拥有过真心爱过。我与积木，自小有着痴缠不解的情结。

还记得有一回，邻居男孩不知怎的得到一盒现在看起来也匪夷所思的积木，积木来自北京某大玩具厂，拼搭起来是天安门广场旁的人民大会堂、国家博物馆和西单附近的民族文化宫……而且拼法不是一般的木方加木柱，倒有点像现在的公屋建筑过程，梁柱墙面早已设定，由平面一件一块嵌接成立体，两个小男生心满意足地做了整个月的建筑师。

然后拥有过的积木自然如记忆一般散落，如今坊间再也没有当年我们至为珍惜的一方一柱。我认定当年不自量力一意孤行第一志愿报考大学建筑系，完全跟我与积木的不解情结有关。当然事与愿违，当不成建筑师我倒乐意也疯狂地变成建筑迷。

第一回远行有幸从芝加哥开始，十步百步抬头都是建筑经典，之后一直路过大城小镇，极品的过誉的遗珠的都不漏眼。今天身在巴黎，抬头都是儿时的积木，放大百倍千倍，一如在脑海千回百转的老日子美好回忆，积木积木，层层叠叠。

巴黎，二〇〇一年秋
Paris, Autumn 2001

逃兵 absent soldier

平生最怕做代表，可惜自幼神差鬼使是年级里面的学生代表，一周半月便要跟师长学兄开什么什么学生干事会，半睡半醒只有点头称是的份儿。毕业时也不知怎的成了毕业生代表，讲词背了又背，上了台还是忘了三分之一，几乎下不了台。也许是童年阴影太深，自此千方百计逃避责任，可是即使站到最后排，有些场合还是逃脱不了，逼迫现世。

这回成了"年轻艺术家"，代表漫画界出席布鲁塞尔艺术节，飞来飞去好吃好住，只是要准备一篇讲词一套幻灯片，介绍介绍香港主流、另类漫画的发展和现状。出发前几经辛苦整理好资料拍好幻灯片，且在半空中不眠不休写好了七大页讲稿，可是到了座谈会的现场，不知道是宣传不足还是天气不好，十五分钟过去又十五分钟，身旁的"小猫三两"全是港产友人，好不容易进来个当地人，绕了会场一圈坐在最后排。既然如此我的英文讲稿终于派上用场，可是有一句没一句的，心已冷了半截。

安排中本来还有另外一场座谈，可是一气之下豁出去做逃兵。起个大早我在晨光里坐在去往安特卫普的列车上，袋里虽然没有什么钱，但一心想着马上可以一睹这个九十年代时装新总坛：马丁·马吉拉（Martin Margiela）、德赖斯·范诺顿（Dries Van Noten）、德克·毕肯伯格斯（Dirk Bikkembergs）、安·迪穆拉米斯特（Ann Demeulemeester），当然还有心仪的超级疯子胖子牌子 W. & L. T.……

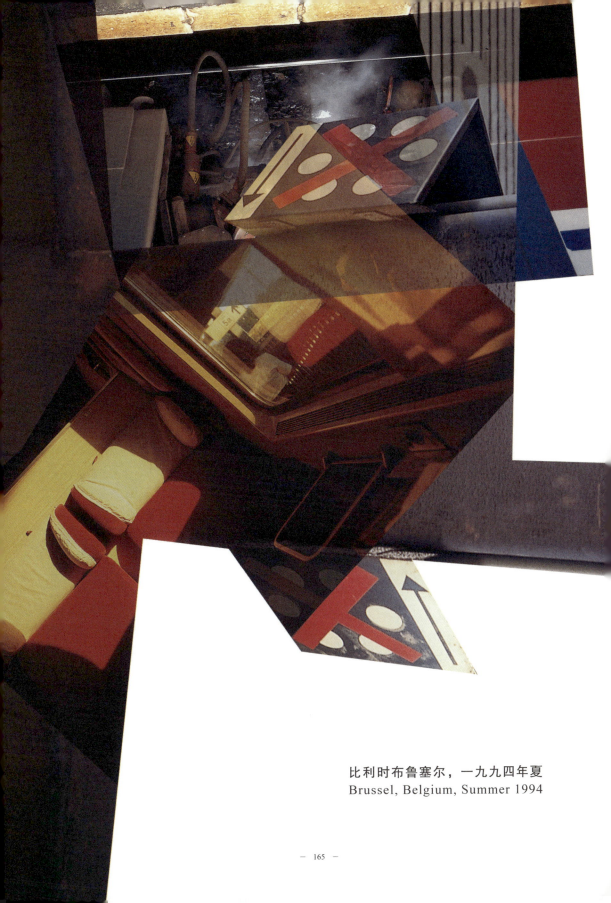

比利时布鲁塞尔，一九九四年夏
Brussel, Belgium, Summer 1994

框框 the frame

　　……地铁终点站到了，下了车走到地面，转乘八号公车，第三站下，越过马路，往东面再走大概十分钟，从火车桥边拐进去，你会看见路标上我住的那条街名，往前走，我家门牌是十五号……他在电话的那一端仔细地解说，我在另一端大汗淋漓同时故作镇静地拿一张废纸又写又记，对于一个城市的陌生旅客，人家日常生活的某一段惯常动作，突然都变成上天下地的冒险。

　　果然不出所料，我在这城市的边沿郊区，在规划整齐的房舍和散落有致的树丛当中迷了路，一个人走在午后的一大片草绿当中，尽眼望去竟然没有一个人影，柏油小路也没有车经过——太习惯迷路所以也乐得无方向，左拐右拐来到一个偌大的足球场。

　　也许是敏感多心，迎面的风中似乎还在回响着细碎的球场上球赛进行的喧哗笑闹，该是一群中学生？放学后先来一场友谊文明的你死我活，然后都四散回到静谧安逸的家中，喝着牛奶吃着曲奇看着电视……留下草场上寂寞的龙门，给这个绿得厉害的空间划一个白色的框框——有心故意迷失在框框之外，你会发现新风景。

多伦多,一九八六年春
Toronto, Spring 1986

心在笑 heartily smile

好久没有开怀大笑过,有点担心自己究竟还懂不懂得笑!

他说我最近的行为举止有点异样,她甚至担心我是否有了什么病——一个从来不知好歹嘻嘻哈哈的人忽然忧国忧民感怀身世,也算是一种非典型的怪病吧!

远方的战争、周围的病毒,反复纠缠没完没了,要从迷雾中挣扎走出来,需要的是更正面更积极的能量,虽然身边从不缺可以相互扶持的至爱友好,但此时此刻总得冷静独处,好好思索梳理这一团紊乱。

要我这个很难乖乖坐好的人自行"隔离",实在有点困难。突然多出来在家里的时间,还是东翻西找的。桌面如山的堆积中有很多很多旧照,一张一张勾起了旅程细碎的回忆——

是他们如此真挚无邪的笑,叫我知道除却奇山异水自然景观,这些在艰难环境中挣扎存活的小孩,更吸引我走出去多了解多认识他们的复杂多变的文化环境,政治经济社会现状,一千万个为什么,随时随地,在旅途上展开发问——问自己身边的人,更多时候是靠对话用翻译用手势跟这些小孩沟通,即使我一天碰上十个百个路边的小孩,他们也碰过匆匆赶路的四面八方的外来人,就是因为有这么一个沟通的小机会,只言片语然后灿烂一笑,我已经拥有最好的回忆,不知小孩的梦里是否会有我这个外星人?

在也门山区碰上的一对小兄弟,哥哥九岁弟弟五岁,俊美无邪叫我惊讶得就像碰到天使——天使还是要上学,兄弟俩拉着我的手,去参观他们贫穷不堪的小学,空荡荡的教室里勉强有几张破桌椅,就像"希望工程"要加以援手的学习环境——天使不识愁滋味,还是一味在笑,叫人由衷地觉得只要懂得笑,天大问题也会迎刃而解。

贫穷偏远地区的小孩,即使再苦,水汪汪的眼还是善良清澈的,笑容也最真。在也门在缅甸在印度在中国大西北,我总希望我也是以同样的稚子之心跟孩子们交往,在那些遥远的陌生的神奇的土地上,我何尝不也是一个未经世面的小孩,笑,要用心。

也门，一九九八年春
Yemen, Spring 1998

欢喜蓝 blue is the colour

身边志同道合的朋友其实不少，好玩的是每个个体还能够保持一点独特的坚持，那才不至于千篇一律独沽一味——因此有人遛狗的时候有人在骑马，有人听摇滚的时候有人在唱昆曲，他一往无前地死忠伦敦下雨的冬天那种透不过气的灰，我说怕怕，请给我蓝。

跟我称兄道弟的 S 就是这样疯狂地爱着那实在凄凉的灰，虽然他的导演镜头下出现过很多明亮缤纷的画面，但他不止一次地说，这只是工作只是客户要求，他还是情迷灰色，灰，也有冷的暖的轻的重的很多种。

说到这里，也就跟我喜欢蓝的原因很接近了。蓝，天的蓝海的蓝，人工的灯光的蓝，化学原料的晶体的蓝，经典的婴儿蓝，尊贵的高雅的蒂芙尼（Tiffany）蓝，这么多选择来自四面八方，可以是冷静的也可以是热闹的，够丰富，也就感觉良好。

抬起头，有典型的多伦多郊区秋日那晴朗的好心情，飘过的一朵云替这舒服得其实有点闷的环境带来一点戏剧效果。转过身去埃及山区小镇的理发店门外，玻璃橱窗画的头像穿一身蓝，和也门首都萨那的当地旅行社门外画的蓝天飞机图相呼应。还有渡船往摩洛哥途中经过原来在此的直布罗陀，天蓝海蓝又是一种景色，我不由得开始相信，心中有蓝也看得见处处都有好样的蓝，深浅浓淡，就是叫人欢喜。

专业的电视台摄影师朋友会知道录影场里蓝色的背景方便后期制作套进任何画面，如此这般，蓝又有了另一种意义。

埃及，一九九五年秋
Egypt, Autumn 1995

出走 runaway

早就听说科莫湖区之美，每年到米兰，身畔的友人都相约要到科莫湖区走走。可是偏因为众口皆碑，竟然一直没有成行的冲动，甚至在到过科莫湖的友人口中听到太多形容，久而久之好像自己也已经到过——归根到底，纯然湖光山色毕竟不是我所好。

这回心血来潮，公事累完忙完，告诉自己要放放没脑袋的假。一个多小时的火车行程，离米兰四十公里之距加上不到一百元港币的来回车票，决定大清早出发自个儿到科莫逛逛。

一路天清气朗，车窗外标准假日好景。车抵科莫，才上午九点左右。也许是周末的关系（还是平日皆如是），沿着车站长长阶梯往城中方向去，竟然"小猫三两"，且以优雅缓慢动作走过，微笑点头说早——人杰地灵好修养，在这个早上竟然有点沉闷。

果然跟友人传颂的科莫之美一模一样：走过旧城里巷，豁然有科莫湖在眼前展开，阿尔卑斯山的终年雪际线是天边明信片示范，湖畔有广场有咖啡店有白鸽有早起的游客，上了环湖游船回望湖畔公园长堤，有人向你热情招手，湖畔豪华别墅——都是五星级度假旅馆……

两个小时之后，我从科莫火车站折回米兰，候车时面前一个小朋友提着不成比例的自家行李，等着等着且欢天喜地自言自语——同行的母亲远远跟在背后笑而不语——倒也是，这里太高贵，是离家出走的时候了。

意大利科莫湖区，一九九七年春
Lake Como, Italy, Spring 1997

双双对 the couples

出门上路，尤其是长途，经验里的理想人数还是最好一个起，两个止。

容不下第三者？除非是那些早就预算妥当，不用做任何选择决定的阳光海滩懒惰嘻哈大食之旅，那就是一家十几口也可以尽兴的。如果会有冒险的浪荡的迷路的突发可能，最好还是一人担当，又或者确认跟你上路的那一位是极端独立，或者极端依赖——因为一有商量的余地，也就等于要勉强迁就——路上的旅人其实是最没有耐性，也最不想讲理的。

为了在车站、沿途上厕所时有人帮忙看看行李，我还是很多时候选择两个人出发，幸好回程时也还是两个人一起回来。如果说年长的唯一好处是脾气好了（也不得不收敛否则体力不支了），就让我如愿地慢慢地优雅地老去吧，两个人在路上你眼望我眼，也不至于老得面目全非吧？

只是有那么一次，也就是我真正离家上路的第一次，和第一位女朋友远渡英法，东西南北地在路上走了一个多月。那个时候我们都乖，同睡一张床中间放的那杯水可以一滴都不跑出来，究竟我们途中有没有牵过手？天啊我都忘了。为什么第一回恋爱就那么柏拉图那么神圣呢？只记得旅途中有一幕在公园里听着一个卖艺的幽幽自弹自唱情歌，我别过头去眼泪流了一脸，也暗暗做了一个决定。之后回到香港，我们就无声无息地分手了。

一同上路是最能检验两人究竟是否可以在一起生活的，所以不要这样糊糊涂涂地就约定你（自以为的）最爱一起出门。但也就是因为这段路，更叫你看清自己看明白对方，无论结局如何，还是要试试的。一人独自上路可以随便放肆，两人双双对对在路上，也真够危险和刺激的。

敦煌，二〇〇一年秋
Dun Huang, Autumn 2001

一个人 by yourself

东京、新宿、纪伊国屋书店，杂志陈列架一贯地热闹缤纷，远远就被一本杂志的名字吸引住，书法体三个汉字：一个人。

一时间没有什么比这更震撼的了，直截了当，正中要害。《一个人》是本旅游杂志，读者对象是那群中年以上又多一点闲情逸致的。书中的旅行目的地都是日本境内，所以版面中常常出现的是修饰得工工整整的山川景色，当然更少不了那冒着"烟"的温泉以及那一桌又一桌满满的比风景还要漂亮的日本料理，从粗犷随意的乡土地道美食，到精致讲究的各级怀石料理，一个人，慢慢走慢慢看慢慢吃，走着看着吃着，到天亮。

就是为了这个名字，回来后急忙跑上智源书局订阅，一订就是两年。其实这些规规矩矩的精致旅行也不是我的那杯茶，为的也真的是这个迷人的名字，一个人来去但求自如，能够向自己负责，一人做事一人当，恐怕就是此生的奋斗目标。

不要跟我说怕孤独，倒不如想想一个人孤独的乐趣。在众声喧哗然后人去楼空之后，就是要懂得享受这平淡的缓慢的光景，进入这一个人自己跟自己对话的国度，问心，有愧或者无愧，都不打紧，反正还有明天，即使明天不一定更好，都在意料当中。

因为常常一个人上路，也就格外留意静观也是一人上路的其他人，站着的坐着的躺着的，跳的跑的，主动的被动的招摇的含蓄的，只是我很清楚面前的界线，不会一不小心，一个人变成了两个人，搞不好，更会有第三者。

东京,一九九九年秋
Tokyo, Autumn 1999

某夜床前 bedside

终于发觉，远游只能与自己为伴。

自问不是性格孤僻生人勿近，平日与大伙嘻哈笑闹也都融洽，但一到出门远行紧要关头，总觉得还是自己一个人最爽。

这回碰巧是家庭乐，与舅舅一家大小从多伦多出发长途北上。因为有识途老马，所以平日一切紧绷的神经都放松，无戒备无警觉，沿路不用看路牌不用知方向，经过了什么地方懵然不知，下一站会到哪里也不很着紧，只知肚子饿了就告诉舅舅，要在前面停下来找个地方吃喝。

至于魁北克城真正是什么模样，也因为必须老幼咸宜的关系，我们只能乖乖做模范游客，缆车上山登高望远，在绵延围城木桥（？）上走动走动晒晒太阳，在法式卖艺街头乐声中吃吃冰淇淋，吃罢龙虾晚餐在公园里听露天爵士乐晚会……拖男带女其乐融融，在每个有风有景的城市乡镇，海边度假观光点，日程都是一样。然后我问，究竟我应该要怎样的一段游历？究竟我要怎样看这个世界？

晚了倦了，小朋友大朋友都分别睡去了。回到典雅的房间，无意亮起床头灯。如果和衣就此睡去，不晓得明早起来会否独个儿在另一个陌生地方，展开另一段不同的路？

魁北克城，一九八六年夏
Qubec City, Summer 1986

回家 home coming

对一个信誓旦旦、矢志一生漂泊四海为家的人，某地某夜床前，脑海突然闪出"回家"两个大字，是不是反高潮？

谁在幽幽地唱"外面的世界很精彩"？每吐一个字都大刺激触动神经，据说万万不能辜负了几千几万里外的阳光空气，面前的家居小环境，似乎再也不能待下去了——

逃的逃走的走，给自己造就机会提供借口，趁年少好外游，远近无妨，仿佛家门以外才叫作真实，有血有汗，还要迫不及待拍照留念，向熟悉的公众证实自己的确存在，的确闯荡过。

一众热血男女，似乎都倾向抹杀柴米油盐的家居细节，刻意凸显自己天大地大行走江湖的风骚部分，家里每月耗去多少水电，喝掉多少瓶矿泉水，匿藏多少只蟑螂，都不上心。记得在勉强剪贴拼凑的"学术"论文里大胆倡议把家解散，认定自身的移民后裔身份和迁徙性格，满足并冀盼完成一个永远的旅者的梦——

梦里竟然回家！纵使家徒四壁却还有一盏盏亮着的灯！傍晚入夜，灯是家的象征，象征的是温暖、安全、关爱、分享……从厅到房，摸黑把灯一盏一盏点亮起来，就让自己在这黄晕当中暂且把理想抱负都放下——谁又在跟自己说：回家是为了下一回踏出家门的痛快，一厢情愿，认定浪子还是浪子，而且着实知道回头未必是岸。

香港，一九九九年春
Hong Kong, Spring 1999

Home is where the heart is.

01　设计私生活
定价：49.00 元

上天下地万国博览，人时地物花花世界，
书写与设计师及其设计的惊喜邂逅和轰烈爱恨。

02　回家真好
定价：49.00 元

登堂入室走访海峡两岸暨香港的一流创作人，
披露家居旖旎风光，畅谈各自心路历程。

03　两个人住
　　　一切从家徒四壁开始
定价：64.00 元

解读家居物质元素的精神内涵，
崇尚杰出设计大师的简约风格。

04　半饱
　　　生活高潮之所在
定价：59.00 元

四海浪游回归厨房，色相诱人美味 DIY，
节欲因为贪心，半饱又何尝不是一种人生态度？

05　放大意大利
　　　设计私生活之二
定价：59.00 元

意大利的声色光影与形体味道，
一切从意大利开始，一切到意大利结束。

06　寻常放荡
　　　我的回忆在旅行
定价：49.00 元

独特的旅行发现与另类的影像记忆，
旅行原是一种回忆，或者回忆正在旅行。

Home 系列（修订版）1-12 ◉ 欧阳应霁 著
生活·讀書·新知 三联书店刊行

07 梦·想家
回家真好之二
定价：49.00 元

采录海峡两岸暨香港十八位创作人的家居风景，
展示华人的精彩生活与艺术世界。

10 香港味道 2
街头巷尾民间滋味
定价：64.00 元

升斗小民的日常滋味与历史积淀，
香港美食攻略地图。

08 天生是饭人
定价：64.00 元

在自己家里烧菜，到或远或近不同朋友家做饭，
甚至找片郊野找个公园席地野餐，
都是自然不过的乐事。

11 快煮慢食
十八分钟味觉小宇宙
定价：49.00 元

开心入厨攻略，七色八彩无国界放肆料理，
十八分钟味觉通识小宇宙，好滋味说明一切。

09 香港味道 1
酒楼茶室精华极品
定价：64.00 元

饮食人生的声色繁华与文化记忆，
香港美食攻略地图。

12 天真本色
十八分钟入厨通识实践
定价：49.00 元

十八分钟就搞定的菜，以色以香以味诱人，
吸引大家走进厨房，发挥你我本就潜在的天真本色。